妖しい戦国

乱世の怪談・奇談

東郷隆

出版芸術社

まえがき

私たちは、なぜ怪談や奇談に魅了されるのでしょう。

それは日常生活の常識から少し離れることで、脳のどこかに新鮮な風を吹き込みたい、という欲求が満たされるからではないでしょうか。

今日、書店に並んでいる、いわゆる「日本の怪談」や「妖怪話」は、ほとんどが江戸時代中期頃に編纂(へんさん)されたものばかりです。

この国の奇談は、平安時代末期から鎌倉時代初期に、第一次完成期を迎えます。『日本霊異記(りょういき)』『今昔(こんじゃく)物語』『宇治拾遺物語』などという説話集が代表的なものです。

貴族・僧侶といった、文字を操ることに長(た)けた人々が、当時、あちこちで語られる噂話などを積極的に集めてまわりましたが、それは娯楽と仏教思想の普及がない交ぜになった行為でした。

そして、江戸半ばに怪談・奇談は第二の繁栄期を迎えるのです。

これには庶民の急速な識字率の高まりと、『捜神記(そうしんき)』『抱朴子(ほうぼくし)』といった異国の奇譚(きたん)本が入手し易くなったことが背景にある、と多くの研究者たちは指摘します。

ところが、この頃に完成された短い物語の出典・原本を探してみると、何割かが、意外なことに戦国時代初めから江戸初期の元和年間にかけてのもの。いわゆる乱世の頃に遡るのです。

親が子を殺し、子が親を討つ非情な時代。

現実の恐ろしさが周囲にはびこる社会の中では、妖怪や霊魂の怖さなど何の共感も得られない、と従来は考えられてきました。

しかし、いつの時代にも、人間は非現実的な物語を手放そうとしなかったのです。いや、合理を優先させる神をも恐れぬ時代だからこそ、人は砂を噛むような殺伐とした現実から背を向ける必要があったのだと思います。

また、乱世の物語伝承には、御伽衆と御伽草子の存在が欠かせません。

戦国の大名たちは、それまでの中世封建領主のように、自国の領土だけに注意を払っているわけにはいかなくなったのです。

他国の政治、京の権力事情にも気を配らねば、その立場が悪化するかもしれません。

「天下」という新しい共通観念が、彼らの心底には否応なくついてまわり、その知識を多少なりとも補う存在が即ち、御伽衆だったのです。

大名の身近に侍る彼らの階級は千差万別でした。戦乱で収入を失い地方に落ちのびた貴族、茶人、僧侶、連歌師。中には忍者紛いの者まで交じっていました。

彼らは堅苦しい諸国の政治を物語るばかりではありません。旅先で目にした変わった風習、耳にした奇妙な物語を語って、大名たちの無聊（ぶりょう）を慰めもしたのです。

やがて御伽衆の語る物語が、文字として残されるようになります。

また、それらの中で女性や児童向けのストーリーは御伽草子という素朴な絵巻や書籍になりました。地方に下って京を懐かしむ貴族の子女、城から外へ出ることを許されぬ武家の娘や人質生活の者などは、こうした草子を喉から手が出るほどに欲しがりました。

鼠（ねずみ）や猿が京に上って清水詣でをし、人間の姫に惚（ほ）れる物語や、一向に仕事をしない物臭男が、知恵ひとつで長者にのし上がる話は、新たな階級の出現を告げる奇談として、彼ら彼女らにある種の衝撃をもって受け入れられたのです。

この本では、そういった話ばかりを好んで取りあげました。が、一部は平安時代、江戸時代の物語も含んでいます。前者は、戦国期に広まった物語の原形を、後者はそれが平和な江戸時代に入るとどう変化していくのかを示すために採録しました。

また、戦国時代の定義も、「人々が闘争を続けた時代」として、応仁・文明の乱あたりから、大坂夏の陣が終わった頃、人々の血の滾（たぎ）りがようやく収まり始めた頃までを含めています。これも御了承下さい。

妖しい戦国　もくじ

第一章　戦国武将の怪談・奇談　一三

第二章　戦国時代の京の怪　一一七

第三章　地方の奇譚三題　一五一

第四章　旅する人の怪談　一六七

第五章　生き物の怪異　二〇三

第六章　城と人柱の話　二二九

第七章　旗指物　二五五

装幀　田中久子
装画　尾崎智美

第一章

戦国武将の怪談・奇談

人は一生のうち一度か二度は、思いがけないもの、およそ常識では考えも及ばぬものを見ることがあるといいます。

戦国時代も同じです。当時の人々が書き残した資料を丹念に読み込んでいくと、時折、そんな話がひょっこりと姿を現します。

歴史学的に見れば戦国期は、ちょうど中世から近世の変わり目に当たり、それ以前の宗教的な畏れが一気に吹き払われた時代でもあります。

人々は際限のない戦いやそれに続く飢饉に苦しめられました。

こんな時代では、およそ人間というものは、神経が図太くなければ生きていけません。妖怪や霊の祟りなどをいちいち気にする弱い心の持ち主は、次の日のお天道さまも拝めなかったのです。

しかし、そんな戦国の世でも「不思議」や「妖魔」は出現しました。

一、予言する馬頭――森蘭丸

森蘭丸といえば、織田信長の側近として知られた人です。

彼は天正十年（一五八二）の六月二日に起きたあの「本能寺の変」で、信長とともに討ち死にしましたが、その直前、不思議な出来事に遭遇した、といいます。

変の前日午後遅く、蘭丸は外出しました。京の商家の、風呂に入れてもらうためでした。もちろん本能寺にも風呂の施設は備わっていましたが、信長の家臣たちは込み合った寺の風呂を嫌い、それぞれが懇意にしている町家を尋ねて便宜をはかってもらうのが普通でした。

当時の風呂は、お湯の中に直接浸かるものではなく、白衣（浴衣）をまとい、蒸気の籠もった板敷の部屋に座って身体を蒸す、サウナ形式のものが一般的です。

その家の風呂場も、湯気が逃げないように三方が閉ざされ、一方の側にだけ蒸気抜きの窓が備わっていました。

窓の外は上京石屋図子と呼ばれる横丁で、狭い通りながら、人通りはけっこう多かったといいます。

頃はちょうど旧暦の六月初め。現在の、七月半ば頃の季候です。京の町はひどく蒸し暑く、風呂に入った蘭丸は気持ち良く汗を流しました。

物売りの声や、町民の足音が絶え間なく聞こえてきます。

さて頃合い。水を浴びて出ようかと、白衣の裾を持ちあげた、その時です。

外部の音が、ぴたりと止みました。突然訪れた静寂に、蘭丸は不審の念を抱きます。

窓の格子に顔を押しつけて外を眺めると、そこにはまったく人の姿がありません。

道の端を見れば、一直線に伸びる図子の向こうに、西日を浴びて広がる商家の屋並が連なっていましたが、そこにも人っ子一人、犬の子一匹動く気配が見えませんでした。

「これはどうしたことか」

蘭丸は息をのみました。まるで町の住民全てが神隠しにでもあったような光景です。

いや、視線を東側に向けると、動くものがありました。

何者かがゆっくりと無人の通りを、こちらにやって来ます。

（あっ）

蘭丸は息をのみました。それは人ではなかったのです。

頭が馬。身体は裸体に下帯ひとつつけただけの怪物でした。

意味不明な歌をうたいながら、怪物は蘭丸が顔を覗かせている格子窓の外を、何事もなく通過したと見るや、やにわに振り返って、ぎろりと彼を睨みつけ、

「ああ、愉快、愉快、愉快」

と言うのです。

「まことに愉快きわまりない。今宵、あの悪逆非道な前右府が日向守に討たれるのだ。き奴の手で命を断たれた数万の罪なき者たちも、今宵こそ浮かばれるであろう」

低い が良く通る太い声でした。

蘭丸は、呆然とその怪物を見送っていましたが、急に胸がむかついてきました。

その馬の首をもつ化け物が口にした「前右府」とは、彼の主人、織田信長のことだったからです。

「おのれ」

信長に心から忠誠を誓っていた蘭丸は、怒りで恐ろしさが吹き飛びました。

「誰ぞある」

風呂場の外に控えた家臣を呼びました。幸い返事があり、数人の者が集まってきました。

「かくかくしかじかの異変があった。ただちに化け物を斬って捨てよ」

蘭丸の言葉に、家臣たちは困惑しました。表の通りに馬の化け物が出た。それが上様（信長）の悪口（あっこう）を言ったから討ち取れ、という命令はあまりにも常軌を逸していたからです。

しかし、彼らも武士の家来ですから、刀の反りをうたせて、通りに走り出ました。

が、どうしたことでしょう。石屋図子にはいつものように通行人がいっぱい歩いています。変わったところはどこにも見受けられません。もちろん、馬の化け物など影も形もありませんでした。

報告を受けた蘭丸は、急いで着替えると、本能寺に駆け戻りました。

この日、信長は本能寺の書院で茶会を催していましたが、蘭丸の戻った頃はそれも終わり、近衛前久、九条兼孝、今出川晴季といった貴族たちと雑談していました。

蘭丸は辛抱強く貴族たちが帰るのを待ち、それから信長に自分が見聞きしたことを報告しました。

「御注意を。まだ陽のある内から妖怪が出没するのは、重大な変異が起こる前触れと、古来言い伝えられております」

何事も合理で割り切って考える信長は、はたして大笑いしました。

「梅雨どきになると、人は気鬱になって、有りもせぬものを見るという。この季節、御乱（蘭丸の愛称）までが左様なものを見たか。さても、おもしろや」

「笑いごとではございませぬ。それがしは、確かに化け物が『前右府が日向守に討たれる』と、この耳で聞きました。当家で日向守と言えば、まず惟任日向守よりほかにございません」

惟任日向守とは、あの明智光秀の別名です。天正三年（一五七五）七月、彼は日向守に任ぜられ、公式文書ではこの名を使っていました。

「今すぐに討てとは申しませぬ。しかし、御注意あってしかるべし」

「御乱よ、読めたぞ」

信長は、相変わらず薄笑いを浮かべたままで言いました。

「汝は、宇佐山の一件、いまだ根に持っているのだな」

宇佐山は琵琶湖の西岸にあった城です。元亀元年（一五七〇）九月、当時敵対していた浅井・朝倉軍が、蘭丸の父の森可成が守るこの城を攻め落とし、可成はあえなく討ち死にします。その後、信長は宇佐山城を取り戻しましたが、森家の親族に与えることなく、明智光秀に預けました。蘭丸はこれを非常に悔しく思い、何度か信長に城をくれるよう訴えました。しかし信長は、

「まあ、時期を待て」

と言うばかりでした。根に持っているとは、このあたりを指すのでしょう。

何を話しても聞く耳を持たぬ信長に、絶望して自室に戻った蘭丸は、日頃から目をかけていた馬丁（馬の世話役）に、この事を話しました。

「本当に私は化け物の予言を聞いたのだ。馬の首を持つあの者はその姿から察するに、地獄の獄卒、死者を苦しめる馬頭というものだろう。上様は、私の申すことを、明智を嫉んでの言動と邪推なされた。これが悔しくてたまらない」

悔し涙にくれる蘭丸を、馬丁は何度も慰めました。

その日の未明（当時は、日の出までは前日の扱いです）、明智光秀の軍勢は、四方から本能寺に乱入します。

一万三千と称する明智勢に対して、本能寺にいた信長の手勢は二百人に満たなかったといいます。

本能寺に入った明智方の侍が残した記録（『本城惣右衛門覚書』）には、

「(寺の) 門は開いていて、鼠一匹見かけないほど静かだった。建物に入っても人の気配がなく、夏のことで蚊帳ばかり吊ってあった」

と書かれています。また、イエズス会宣教師ルイス・フロイスが、信者から聞き取った話によれば、「信長や家来たちは、明智勢の攻め込む物音を耳にしてもなお、下々（町人たち）の喧嘩騒ぎと思っていた。明智の兵が寺の洗面所で信長を発見した時、彼はちょうど顔を洗い終えて身体を拭っているところだった。敵兵がその背中に矢を放つと、命中した。信長は矢を引き抜くと、鎌の形をした長い槍（長刀）を手にして出てきた」（『フロイス日本史』）

とあります。テレビや映画などでは、物音に目をさました信長のもとに蘭丸が、

「明智光秀の謀反でございます」

と報告する場面がありますが、実際に見聞きした人々の証言をつなぎ合わせていくと、信長方には緊張感がまったく欠けていたような印象すら受けてしまいます。

実際の戦いも、あまり勇ましいシーンはなく、わずか三十分ほどで終わってしまったようです。火がかけられた本能寺の境内で、蘭丸は弟の坊丸・力丸らとともに討ち死にしました。

明智光秀は、この時、信長とその長男の信忠は確実に殺すことを命じましたが、戦いにさして関係ない女性や身分の低い人々の命は助けました。彼としては、この合戦が「魔天王信長」を討つ正義の戦いであることを示したかったのでしょう。

信忠の家臣であったモザンビーク出身の黒人弥助や、偶然本能寺に泊まっていた茶人島井宗室、侍女、従者などは許されました。

森家の馬丁も取調べの後に放免され、蘭丸の母妙向尼が住む美濃国（現・岐阜県）に戻ります。

そして彼女に、変の直前の、夕刻に起きた不思議を語ったのです。

妙向尼は息子の無念さを思い、この話を家の大事な言い伝えとして残しました。その後、森家は近世大名となります。江戸時代半ばには浅野家の跡を継ぎ、播州赤穂の藩主となって、明治まで続きます。戦後、森家に伝わる甲冑や資料は、あの忠臣蔵で知られた赤穂義士を祀る大石神社で管理され、蘭丸が目撃した「馬頭」の予言話も『森家家譜』（家の記録）の異本として、今もここに残されています。

二、数百年生きる老人――森蘭丸

これも森蘭丸に関する不思議な言い伝えです。

本能寺の信長勢は、小半刻（約三十分）ばかりで全滅しますが、蘭丸とその弟たち――坊丸・力丸――は、そのひどく短い間、大いに戦って討ち死にを遂げました。

明智光秀の重臣斎藤利三が、後になって息子に語ったところでは、「蘭丸は白い帷子（一重の着物）をまとい、槍を下げて現れたが、寺の本堂の縁側で討たれた」とされています。また、同じく光秀に仕えて活躍した安田作兵衛の物語には、散々戦った信長が自害しようと本堂に引き返した時、追っていった作兵衛が槍で信長を突き、怒った蘭丸が彼に向かって槍で殴りつけたため、激しい槍合戦になった、とあります。

作兵衛は蘭丸の攻撃にたまらず、本能寺の庭に飛び下りました。そこへ蘭丸が槍先を突き出しますが、危うくかわした作兵衛は、彼の足を下から切り払います。思わず蘭丸が倒れたところに、明智方の四方田又兵衛（別名・四方天孫兵衛）が斬りつけて首を獲った、とされているのです。

江戸時代中期の学者室鳩巣の『鳩巣小説』には、蘭丸の首には恨みの形相がありありと残り、それを見た光秀が床几を倒して尻餅をついた、と書かれています。

その後、蘭丸の首は、弟たちの首とともに、本能寺の門の外にある石に置かれました。ある程度時間が経つと、晒し首は取り捨てが決まりですが、僧の生誉上人がこれらを引き取り、阿弥陀寺（現在は京都市上京区）に埋葬したということです。

信長と蘭丸に手疵を負わせた安田作兵衛は、主人光秀が死んだ後、天野源右衛門と名を変えて、各地の大名家に仕え、慶長八年（一六〇三）、四十二歳で死にます。その最後は、悪性の腫瘍で身体中の皮膚から血膿を流し、

「若い頃、右太臣信長公と蘭丸に槍をつけた祟りだ」

人々が噂した、と史書にあります。

祟りを言い立てるなら、首を獲った四方田又兵衛こそ真っ先に祟られるべきなのですが、なぜか作兵衛ばかり非難されて、損な役まわりでした。それは彼が後に、九州の大名寺沢家に仕えて、相当高い地位まで進んだことで世間のやっかみを受けたからかもしれません。

その信長を疵つけ、蘭丸と槍合戦した作兵衛の槍と称するものが、佐賀県の唐津城に展示されています。柄は三・六メートルあまり、一尺（約三十センチ）の穂先には、槍合わせした時についたと伝えられる刃こぼれがあります。

さて、本能寺の変から数えて二百年ほど経った、江戸時代の天明年間（一七八一―八九）。奥州伊達家仙台領（現在の仙台市）に、志賀隈翁という老いた医者が住んでいました。歳は八十ぐらい。軍談を語るのが好きで、戦国時代の武将、特に織田信長の合戦について詳しく、

「あの時、何々という大将はこう言った。この時、何々という侍はこう戦った」

と、まるで自分が見てきたように語るのです。江戸天明の頃というと、天明の大飢饉があり、江戸で芝居や娯楽本が流行し、アメリカでは独立宣言が成された直後の時代です。人々は、暇が出来ると隈翁にねだって、合戦噺を楽しみました。

と、ある時、彼の物語を聞いていた一人が、妙なことに気づいたのです。

隈翁の話が、永禄の頃、信長が美濃の斎藤氏を攻めた時代で始まり、天正十年（一五八二）に本能寺で死んだ信長の葬儀が、京都大徳寺で営まれた時でぴたりと終わっているのです。

それ以後の合戦についてはあまり詳しくないようで、たとえば秀吉の朝鮮攻め、関ヶ原、大坂の陣などの大きな戦いについては、

「そういうことがあったようだなあ」

などと、話を誤魔化してしまうのです。

「妙な御老人だ」

よほど信長のことが好きで、彼の生涯ばかり研究していたんだろう、とその人は思いました。

さて、天明の終わり頃、隈翁は床につくことが多くなり、ついに起きあがることができなくなりました。

日頃、自分の物語を楽しみにしてくれる人々を枕元に呼び、こう言ったのです。

「私は、間もなく死ぬ。長く生きてきたが、もうこの辺が限度のようだ」

「気の弱いことを申されてはなりません。あなたは、目もよく見える。物覚えもしっかりしているではありませんか」

と皆が口々に言うと、隈翁は悲しそうに首を振り、

「いつも親切にしてくれたお礼に、今日は良いものをお目にかけよう。身体を起こして下され」

手を借りて、床の上で上半身を起こすと突然、老人は肩肌脱ぎになりました。

そこには大小いくつもの古傷が刻まれていて、人々は息をのみます。

「これは、摂津（大阪府）石山攻めの矢疵。これが甲州（山梨県）武田攻めで受けた鉄砲疵。そしてこれが、洛中本能寺で安田作兵衛につけられた槍疵……」

隈翁は、ひとつひとつ、自分の身体についた古傷を説明していきました。そこにいる人々は、びっくりして開いた口がふさがりません。その時、隈翁はがらりと口調を変えて、

「何を隠そう。我こそは、美濃よなだ島の城主にして、織田総見院（信長）様の御寵愛を受

けた乱法師成利。世の人の申す森蘭丸である。本能寺でからくも生き残り、光秀を討たんとあ奴をつけ狙ったが、光秀めは秀吉に早々と討たれ、我は生きる目的を失った。このままでは泉下（あの世）の総見院様に会わす顔もなし。自害しようとしたが、まわりの者に止められてこれもならず。それが呪いに変わったものか、今日まで死ねずに、こうして生き長らえた。あの世へ参る機会を得たのは、皆が我が思い出噺を聞いて、無言のうちに故人の供養を心掛けてくれたおかげであろう。礼を申す」

と言うと床に倒れ、そのまま息をひきとってしまいました。

これは仙台藩の変わった話ばかりを集めた『拾遺老人伝聞記』に載っている物語ですが、知人にわかに信じられぬ話で、大騒ぎになりましたが、身よりのないその老医師のために、知人たちはささやかな葬儀を営んだということです。

これが本当だとすると、蘭丸は戦国以来二百年以上も生きていたことになります。

しかし、仙台という町は不思議なところで、調べてみると、これに似た話がいくつも残っています。

天明より少し前の、江戸宝永時代（一七〇四―一一）。この町の宿屋に旅の老僧が泊まっていました。

残夢と名乗るその僧は、宿代を稼ぐために源平時代の合戦噺をよく語ったそうです。平家の滅亡から義経が兄の頼朝に追われて苦労し、奥州で自害する物語は真に迫り、聞く者は皆涙して銭を投げました。ところが、ある日、近所で鍛冶屋をやっている老人が宿屋にやって来て、

「おまえは、そういう生き方ばかりしているから、良い死に時を得られないのじゃ」

と老僧を罵り始めたのです。残夢も負けてはおらず、

「そういうおのれこそ、行状が良くないから、こんな奥州で長々生きているのではないか」

散々口喧嘩をして、ぷいと二人は別れてしまいます。

鍛冶屋と、日頃仲良くしている人が、

「あなたみたいな大人しい人があそこまで坊さんを罵るのは、何かわけがあってのことでしょう。あの坊さんは一体、何者ですか」

鍛冶屋の老人は、言いにくそうに初めは口を閉ざしていましたが、何度も問われてついに、

「あれが世に言う常陸坊海尊じゃ」

吐き捨てるように言います。常陸坊は、平安時代後期の有名人で、弁慶とともに義経四天王の一人に数えられています。義経が奥州藤原氏の裏切りで衣川に自殺した時、常陸坊を含む十一人の家来は、ちょうど近くの寺へお参りに出かけていて留守でした。『義経記』によると、彼らはその後ちりぢりになって逃げ、次々と追手に殺されていきますが、なぜか常陸坊だけは

死にきれず、あちこち彷徨い歩く運命を担わされてしまったとされています。

その人があわてて残夢の宿を訪ね、うそか本当か問いただすと、残夢はあっさりと、

「まさに我こそ海尊。その名をあ奴から聞きましたか」

と、逆に尋ねてきます。

「左様、しかしあの鍛冶屋さんは、なぜあなたの正体を知っているのです」

と聞けば、残夢はいまいましそうに口をゆがめて、

「あ奴も、義経公の死に目に間に合わなんだ、御厩喜三太」

と言いました。喜三太は義経に長く仕えた奥州出身の馬飼いで、義経が京堀川で夜討ちにあった時は、一人強弓で敵を防いだ豪の者です。

つまり、同じ時代、同じ仙台の同じ町内に、平安時代の怪人が二人も生活していたことになります。

翌日、残夢は宿屋から逃げるように去り、鍛冶屋の老人も家財道具をそのままに行方をくらました、ということです。

これに似た話は、井原西鶴の『西鶴諸国ばなし』にも出てきますが、蘭丸にしろ常陸坊にしろ、主人と死をともにできなかったという理由だけで、何百年も死ねない罰を受け、罪障消滅のため各地を放浪させられるというのは、何か理不尽すぎるような気がします。

三、初陣に怪異を見る——伊達政宗

不思議の町「仙台」を作ったのは、東北の英雄伊達政宗です。

幼少の頃に病で片目を失い、独眼竜と呼ばれた政宗。彼が北の岩手山城からこの地に移って来たのは三十五歳の時。慶長六年（一六〇一）、関ヶ原合戦の次の年十二月二十四日でした。

仙台の名の由来は、もともとここに千体の仏像を納めた持仏堂があり、「千体」あるいは「千代」と呼んでいたものを、政宗が仙台という字に改めたといいます。

ある種、パワースポットでもあったのでしょう。しかし、政宗は非常に合理的な考えの持ち主でした。たとえば彼が愛用した鎧の胴は、鉄砲の弾を防ぐ、分厚い鉄の打ち出しでしたが、着易さと持ち運びの便利さを考えて、五枚に分解できるようになっていました。色も黒漆塗りのシックなもので、見た目も現代的です。後にジョージ・ルーカス監督がこのデザインを気に入り、『スター・ウォーズ』のキャラクター、ダース・ベイダーのイメージに用いた、という話は有名です。

ほかにも、「黒脛巾」と呼ばれる忍者集団を用いて各地の情報を収集したり、内部分裂を起こすために偽の噂を流して敵を敗走させたりしました。さらに領内の新田開発や新式の製塩法

を、技術の進んだ西日本から導入して、

「伊達家は六十二万石だが、実質は百万石の収入があるだろう」

と他国の大名たちからうらやましがられます。

政宗はそういう世慣れた人ですが、片目を失った子供の頃は、すぐ物に怖気(おじけ)づく気弱な性格だったといいます。彼の実母義姫(よしひめ)は、そんな政宗の性格を嫌い、彼の弟竺丸(じくまる)(小次郎)を跡継ぎにしようと、いろいろとひどい企みを抱きました。ついには実子政宗の毒殺まで計画した、というから普通ではありません。

武将としての政宗最初の試練は、十五歳の時でしたが、この時もまったく派手さはありません。敵は隣国の相馬義胤(そうまよしたね)。政宗は父の輝宗(てるむね)と二人、二千の兵を率いて出陣したものの、さしたる合戦もなく、伊達軍は拍子抜けしたように帰陣しました。

実はこれ、輝宗に深い考えあってのことでした。この父親は母親と違って、政宗の境遇に常々心を痛めており、臆病な長男が初めての合戦で恥をかかないよう、あらかじめ、あまり危なくない戦場を選んでおいたのです。

ところが、その陣中で異変は起きました。

奥州伊具(いぐ)郡(陸奥の南部地方)に出た輝宗たちの軍勢は、小斎(こさい)という城の近くで夜営します。

当時、戦場での寝泊まりというのは雑なもので、兵士たちは地面にただ蓆(むしろ)を敷いただけで眠ります。大将級の者だけは、矢避けの幕を立てまわした中に木の楯を敷き、鎧の胴だけ外して横になりますが、屋根もなく、雨でも降ったら大事です。冬の朝など、目がさめたら枕にしていた鎧の袖に霜がおりているのが普通でした。

政宗もそのようにし横になりましたが、初めての体験でなかなか眠ることができません。とろとろと目蓋が重くなってきたのは、子の刻（深夜十二時頃）です。ようやくこれで眠ることができると目を閉じた時、人の気配がして政宗は、はっとします。

見ると陣幕のそばに、自分と年格好の似た少年が立っているではありませんか。

しかも、その姿は美しい小袖に袴、戦いに臨む姿には見えません。

政宗は大将の息子ですから、こういう時は、注意する義務があります。勇気をふりしぼって、

「ここは陣中であるぞ。平服でいるとは何事か」

政宗は彼を、配下の者が率いてきた小姓衆の一人と思い、その不心得を叱りつけました。

すると、少年は政宗がくるまっていた敷皮の脇まで歩いてきます。近づいた顔を見ると非常に端正で女の子のようでした。

（はて、こんな者は家中にいないぞ）

そう思った刹那、少年は政宗の身体へ猫のようにすり寄り、すっと消えたのです。

（何事）

政宗はぞっとしましたが、あわてて敷皮を引き被り、朝までまんじりともせず過ごしました。警備の厳重な陣中では、見まわりの侍もおり、寝ずの番をする足軽もいるはずです。彼らが一切姿を見せないというのも、不可解でした。

翌朝、朝餉の支度をする人々の声で起きあがった彼は、ようやく安堵したということです。

後に江戸で隠居した政宗は、身近に集めた小姓たちに語りました。

「あの頃のわしは、本当に気が小さかった。初陣に怖じる心が、左様な怪異を見せたのであろう。恥ずかしきかぎりである」

しかし、伊達家の小姓たちは、

「いたずらに武勇を誇らず、弱い頃の自分を正直に語る我が殿こそ、本当の名将というものだろう」

と語り合った、ということです。

ところが、政宗が合理的に解釈したその体験を、江戸時代の訳知りたちは、

「伊達公は、初陣の時、かの地で狐狸に誑かされしとぞ」

小斎で出合ったのは、狐か狸に違いない、と考えました。実は、奥州は化け狐の本場とされ、古くからそのような伝説が、あちこちに存在していたのです。

仙台の東に宮城野（みやぎの）という原野が広がり、萩（はぎ）など秋草の名所として知られていました。ここは和歌を詠む人々にとっても憧れの地でしたが、いつの時代か、奥州松島にある大きな寺の稚児（ちご）（寺に仕える少年）が、やって来ました。彼は、

「月は露（つゆ）つゆは草葉（くさば）に宿かりて」

と詠み、さて下の句をつけようとしたのですが、どうしてもできません。

稚児は何日も食事もとらずに悩み抜き、ついに病みおとろえて死んでしまいました。宮城野の住民たちは哀れに思い、稚児を埋葬して塚を築きました。

しばらくすると、そこに異変が起きるようになったのです。月の美しい夜になると、塚の中から、

「つきはつゆ、つゆはくさばにやどかりてェ」

と詠う声が聞こえ、わっという泣き声とともに煙が立つのです。里の人々は、稚児が無念のあまり成仏できずにいるのだ、と恐れおののきました。

これを耳にしたのが、稚児の師匠の雲居禅師（うんこぜんじ）です。一夜、塚の前に座っていると、やがて月の出とともに、

「月は露、露は草葉に宿かりて……」

と声が聞こえ、わっと泣きます。その瞬間、禅師は大声で、

「それこそそれよ、宮城野の原」

と下の句を叫んで法具を投げつけました。これで見事、稚児の霊は成仏したと伝えられます。

時と所が移って天明の頃。江戸の真崎稲荷（東京都荒川区南千住）に、人によく慣れた子狐が住んでいました。穴の前に餌を置いて、

「おいで、おいで」

と呼ぶと素直に出てきて愛敬をふりまきます。「おいで狐」と名づけられてずいぶん親しまれていたのですが、ある日を境に、急に姿を見せなくなってしまいました。

仙台藩江戸屋敷詰めの斎藤某という武士がお参りに来て、名物狐が見えないためひどくがっかりしていると、狐の餌を売っていた境内の茶店から女が出てきました。

「狐がいなくなるについては、おかしな話があるのです」

と言って、一本の扇子を見せます。

女にはまだ幼い娘がいるのですが、ある日、その娘が変なことばかり言い始めたので驚いていると、

「私はおいで狐だが、わけあって別の土地に行くことになった。長いこと世話になったから、別れの言葉を言いたくてこの娘に憑いたのだ」

と語ります。そして、文字が書けないはずの娘が、手近な白扇子を取り、さらさらと筆を走

らせるではありませんか。そこには、

「月は露、露は草葉に宿かりて、それからこれへ宮城野の原」

ときれいな字で書いてあります。

斎藤はその扇子が気に入り、お金を払って譲り受け、屋敷に持って帰りました。知人にそれを見せると、

「おいで狐は、もともと奥州伊達領に縁のある狐だったのだな。こうして宮城野の故事を知っている。しかし、やはり動物だ。下の句を間違えて覚えているではないか」

と言い、

「江戸は女狐（めぎつね）などと言って美女に化けて人をたぶらかす話が多いが、奥州の狐はなぜか稚児や小姓といったきれいな少年に化けたがる。宮城野しかり、伊達政宗公、小斎初陣に出た変化（へんげ）(前述三一ページ参照）もその例であろう」

と語ったといいます。

おいで狐の話は、江戸後期の南町奉行根岸鎮衛（ねぎしやすもり）が書き残した奇談集『耳袋（みみぶくろ）』にも出てきますが、『新編武蔵風土記稿（むさしふどきこう）』という別の本には、江戸三囲（みめぐり）神社（東京都墨田区向島）にも、白い狐が住んでいて、

「出ておいで」

と近所の老婆が呼ぶと顔を出し、参詣客の願いを聞く、という話が載っています。
どうやら江戸の町には、あちこちにおいで狐がいたようです。

四、己を見る――明智光秀

明智光秀が、初めてその妙な人々を目にしたのは、天正十年（一五八二）六月一日のことでした。

その日の夜、信長から西国へ出陣を命じられた光秀は、丹波亀山城を出ました。しかし、軍勢を西ではなく東に向けます。これを彼は、出陣する部隊を京の信長公にお見せするため、と周囲に説明していました。が、すでに彼は主君信長を討つ決意を固めており、五人の重臣にだけその心の内を明かしていました。

山陰道（丹波街道）を進み、丹波国と山城国の境、老ノ坂（京都市と亀岡市の境目あたり）まで来た時は、深夜になっています。道は両側が深い藪で、ふたてに分かれていました。右へ行けば摂津街道、左に行けば京の都。

（さあ、ここが正念場だ）

京に向かう道をたどれば、もう後戻りはできません。光秀は、鞍の上で京へ続く道筋を睨みつけました。

と、その時でした。前方に、細々と松明を灯して進む一団を見つけたのです。

(おかしいな)

軍の先頭を行くのは、光秀とその護衛の武士たちのはずです。

(我々より前を行くのは何者か)

松明の下に見える姿から、察するに、かなり身分の高い武士らしく思えます。地味な筋兜に白っぽい陣羽織。配下の者たちも黒々とした鎧兜に身を固めています。

(わかったぞ)

これは、道筋に何事か起きぬよう、家臣の誰かが気をきかせて、先駆けの者を出したのに違いない……。

(それにしても、一言報告があっても良いだろうに)

光秀は、傍らの藤田伝五を顧みました。家臣の中では、もともと気のきかぬ人物の一人に数えられていましたが、今もただぼんやりと、前方を行く人々を見つめているだけです。信長を討ち、天下の主になる、と亀山の城で光秀が語った際、悲鳴のような声をあげたのは、この男でした。今もまだ、その衝撃から立ち直れずにいるのでしょう。

「伝五」

光秀は尋ねようとしました。前を行く者らは、おまえの配下か、と。しかし、今はもっと大事な事を命じなければならぬ、という思いがひらめいて、彼は命令口調になりました。

「桂川を渡ったら大音（大声）の者を選び、こう触れさせよ。『馬に履かせた草沓を切り捨て、兵も新しい草鞋に履き替えさせよ。鉄砲の者は火縄を一尺五寸（約四十五センチ）に切って両方の口に火をつけ、五本ずつ火先を下にして持て』と」

命じているうちに、光秀の心の中にも力強いものが湧きあがってきました。

言い終えて、彼が再び前方を見ると、あの奇妙な一団の姿はなく、ただ闇が広がっているばかりでした。

桂川を渡った明智軍一万三千は、鬨の声をあげて京に乱入しました。卯の刻（午前六時頃）、本能寺を攻めて瞬時に信長を殺害した部隊は、北の二条御所に籠もる信長の長男信忠も殺し、四日後、安土城に入城をはたしました。

光秀の計画は一見順調に進んでいるようでしたが、時間が経つにつれ、各所で手違いが生じ始めます。

味方になってくれるはずの大名たちは皆、彼に背きました。そのうえ、西国で戦っていた羽柴秀吉の軍勢が、信長の仇討ちを合言葉に、東へ向かいつつあるというのです。

その進撃速度は、光秀の予想をはるかに上まわるものでした。本能寺の変の十二日後には、秀吉の先鋒が京の入口近くに迫り、両軍の足軽が出合頭の銃撃戦を開始します。

そして翌日の夕方、両軍の主力は山崎（京都府南部）で激突しました。

大兵力の秀吉軍に対し、味方集めに失敗した光秀軍の兵力は三分の一。わずか二時間ほどの戦いで敗れた光秀は、戦場に近い勝龍寺城に逃げ込みます。

しかし、この小城では心もとないと、より堅固な近江坂本城に移ることを考えました。

「確かに坂本城は、秀吉の大軍を引き受けても、守りに手堅い名城です。しかし」

と言ったのは、重臣の斎藤利三です。

「坂本までの道筋は険しく、天候も悪くなっています。我らが負けた、と知って近隣の百姓らも襲ってくるでしょう。せめて雨が止んで、馬が歩きやすくなるまで待ちましょう」

と言う斎藤に、同僚の藤田伝五が反対しました。

「いや、このような天気だから逆に良いのだ。雨音で足音が掻き消される。落武者狩りの奴らも、ずぶ濡れになって待ち伏せするのはつらかろう」

いつもは気のきかない藤田がこう言うので、皆はびっくりしました。光秀も、彼の言葉にうなずいて、急ぎ勝龍寺城を出る算段をせよ、と家臣たちに命じたのです。

光秀と彼を守る少数の家臣は、城の堀に架かる板橋を渡って、東に向かいました。

秀吉は、彼のこうした行動を読んで坂本へ向かう街道沿いに兵を伏せていました。が、しかし光秀は、その裏をかいて田の畔道ばかり選び、京の南側をうまく抜けていきました。

道は山科のあたり。まわりは大きな竹藪です。

一行がそこまで来た時、前方を進んでいく正体不明の一団を再び、光秀は発見します。

あっ、とつぶやいて光秀は、腰の太刀に手をかけました。

「伝五」

彼は、常に傍らを歩く藤田伝五にささやきます。

「前を行く者らは、汝の配下か」

「はあ？」

藤田伝五は、雨に濡れた兜の滴を払いながら、間の抜けた返事をします。

「前を行く者らは……」

と、そこまで口にして、光秀は黙り込みました。

いくら気のきかぬ伝五でも、こんな時に先駆けの有無を伝えぬわけがありません。念のために、護衛の武者たちを振り返って見ると、彼らも空ろな目をして馬を歩ませています。

（間違いない。こ奴らには、あの人影が見えないのだ）

秀吉軍を警戒して、一行は松明も灯していませんでした。雨夜の道を、半ば手さぐりで進んでいくのです。それなのに、一行の前を歩く人々は、闇の中に、ぼんやりと姿が浮かびあがっていました。

中央を行く白い陣羽織の武者に光秀は目をこらします。その背には薄く何かが描かれていました。

（どこかで見たような）

蛟竜の図柄に思えました。光秀も亀山城を出る時、白地に墨で蛟竜の図を描いた陣羽織を着ています。名人狩野永徳が筆をとった、明智家自慢の陣羽織でした。

（名人永徳が描いた、天下にふたつとない陣羽織……すると）

あれは私ではないか！

なるほど、前を行く白陣羽織の武者は、光秀と背丈も馬の色も同じ。護衛の兵も同じ鎧姿です。

（間違いない。私だ。これは一体）

と驚いた刹那、光秀は左脇に強い衝撃を受けました。近くの竹藪から長い竹槍が突き出ています。その先端は自分の腹に、深々と刺さっているのです。

「敵だ」

誰かが叫びます。藪の中ではたちまち斬り合いが始まりました。

得体の知れない格好をした者どもが、次々と一行に襲いかかってきます。護衛の武者たちは、太刀をふるって立ち向かいました。戦いは今の時間にして三分ほどで終わり、落武者狩りの者たちは、藪に逃げ込みました。

しかし、馬から落ちた光秀は、重傷で動けません。集まってきた家臣らにいろいろ物語りした後で、

「もう、坂本へは行けまい。我が首を敵に渡すな」

と静かに命じます。家臣の中から溝尾庄兵衛という者が進み出て、刀を光秀の首に当てました。

光秀の最後の言葉は、

「私がもう見えぬ」

というものでした。彼の首は溝尾が近くの泥田に埋めましたが、後に発見されて本能寺の焼け跡に晒された、ということです。

この話は『老人雑話』、『玄琳記』に載っている奇談です。

語り手は、進士作左衛門、比田帯刀という光秀護衛の武士でした。二人は後に光秀の娘婿、細川忠興の息子に仕えて、光秀が見たという不思議を人々に伝えたのです。

自分が自分の姿を見る、という現象は世界中にあり、俗にドッペルゲンガー症候群と呼ばれています。ドイツ語の「二重・重複」から来るもので、詩人ゲーテや哲学者ニーチェも、死の

直前にこれを目にしました。

作家の芥川龍之介は、昭和二年（一九二七）、自宅で自殺しましたが、その死の直前。書斎に座っている自分の後ろ姿に出合ったり、便所に入ろうとすると中に自分が座っている姿を見た、と知人に語っています。

精神科医はこれを、強いノイローゼから現実にないものを見る「幻視」と考えていますが、超心理学者たちは、その人に死が近づいた時、何者かがそれを知らせるためにその姿を見せるのだ、と言います。

その「何者」とは、一体誰なのでしょう。

◆旧明智領丹波亀山に出る怪異（明智光秀）

現在の京都府亀岡市は、一時、明智光秀の所領があったところです。世間一般では、

「主君を謀殺した大悪人」

などと近年まで悪評高かった光秀ですが、亀岡一帯の人々は、領内に善政をしいた名君として密かに彼を祀る者が多かったといいます。

そんな光秀贔屓の旧領民の一人に、宇都宮小兵衛という百姓がおりました。

その大層な名乗りの通り、元は明智家が入部する以前からそのあたりに勢力を張る土豪でし

た。秀吉が刀狩り令を発するまでは、領主からひと声かかれば甲冑に身を固め、下人たちを足軽に仕立てて、戦場に駆けつけた家柄です。

当代の小兵衛は、広大な農地を持ち、輸送業者として都に丹波炭を運んで裕福に暮らしておりました。ただひとつ、彼の悩みは息子が居らず、娘ばかり四人。

それでも上の三人はしかるべきところへ嫁にやり、あとは、いちばん下の娘に養子を取って、家を継がせようという算段です。

そうこうするうち、小兵衛の商売仲間に気のきく者があり、あちこち訪ねまわって、隣在所に心得のよい青年を見つけました。その家も、旧主光秀に仕えたことがある家柄と聞き、小兵衛は内心喜んで媒人（仲人）を立てます。

この媒人が両家を行き来して首尾を整え、やがて挙式の日取りも決まりました。

「やれやれ、定まったか」

小兵衛が安堵した頃、媒人が突然家にやって来ました。

「かねがね決めておりました婚礼の日取りでございますが、先方には俄に代えがたきこと出来」

その日は支障があるので、式の日取りを前倒ししたい、というのです。

「定められた式の前日に婿入りし、改めて後日、嫁女を同道して戻るというのは如何かと」

小兵衛は急な話に驚きますが、かねて用意は済ませていましたから、善は急げという諺を口

にして、

「よろしきように」

と答えます。さて、その日、他家に嫁いでいた花嫁の姉夫婦も来て、式の手伝いを始めます。

当時の婚礼は日が暮れてから行なわれるのが普通でしたから、門前に篝（かがり）を焚（た）いて待ち受けるうち、婿殿、その親族、媒人から進物（しんもつ）を持った雑用の者まで列を作ります。

それぞれを座敷のしかるべきところに上げ、進物を飾って、あとは式の始まりを待つばかり。

その頃、花嫁の大姉（おおあね）（長女）夫婦だけは遠いところに住んでいるため、到着が遅れました。名にし負う丹波の山道を、夜間やって来るのですから、大姉の夫は用心し、腰の刀を利刀（りとう）に替え、卒都婆（そとば）の杖（つえ）をついていました。

今ではこの卒都婆も、死者の供養に経文を書いて墓の後ろに立てる薄い板となっていますが、古い時代には、四角や六角の太い棒に「永離三悪道（ようりさんあくどう）」と書き、上部に刻み目もつけて、霊や変化（へんげ）に逢わぬ用心の棒に用いました。

長女は、可愛い末の妹の婿とはどのような人か知りたく思い、そっと座敷の裏にまわります。彼女は何気なく手にした杖の先で、窓のすだれを掻き上げ、室内を覗（のぞ）きました。

すると、そこに居並んでいるのは何と、毛の禿（は）げた古狸（ふるだぬき）ばかりではありませんか。

父の小兵衛は、その不気味な獣たちと酒を酌み交わしながら、げらげらと笑いこけています。

長女は驚き、自分の夫を手招きして、

「ほら、あれを見て」

と室内を指しますが、夫は指先ですだれの縁を掻き分け、

「なんと、しっかりとした御縁者ばかりではないか」

と言います。

姉はもう一度、すだれを上げて座敷を覗きました。座っているのはやはり古狸たち。畳の上に飾られた進物は、これ全て牛や馬の骨や汚物といった有様。

（なぜ、私にだけそう見えるのか）

ふと思い当たったのは、彼女が手にした卒都婆の杖です。急ぎ杖の先ですだれを掻き上げて、

「これにて御覧あれば」

と夫に見せれば、彼も仰天します。

「婿殿も一座の客人も、みな古狸ではないか」

夫は密かに妻の姉妹の亭主たちを呼び集め、

「かくかくの次第である。互いにぬかるな」

と、そこは元武士の家柄。刀の目釘を湿らせました。

屋敷の裏口、表口の戸を閉め切り、何気ない素振りで新婿のいる座敷にまかり出た長女の夫。

にこやかに膝を進めると、

「これよりは義兄弟となる婿殿。盃をそれがしに下され」

婿は頬笑んで膳の盃を取りあげます。その隙に、夫は彼の側へすっと近づき、その腕をむんずと摑みました。

「おのれら、憎き化生よな」

と言うなり取って押さえると、

「これは無体な」

婿は悲鳴をあげます。客人や媒人も立ちあがって、

「狼藉なり」

と叫ぶところに、嫁の姉妹の亭主ども、次々に乱入して脇差を抜き、有無を言わさず片端から刺しつらぬきました。

何も知らぬ小兵衛もその妻もあわてて、

「おまえたち、物に狂い給うか。鬼が憑いたか」

と言うのもかまわず、客の供人や下人まで斬りつければ、その奴らは、

「我らは人にて候。御許し候え」

と泣き叫び、縁の下や窓の外に走り出そうとします。これも一人残さず斬り殺し、松明を掲

げて調べれば、全て年を経た古狸の死骸に変わっていました。

姉妹の夫たちが狂乱したと思っていた小兵衛夫婦も、呆然として黙り込むばかりです。

翌日、本物の婿殿と媒人が現れて、予定通りの祝言（しゅうげん）があげられました。

「これもひとえに卒都婆の杖の奇特（きとく）なるか」

と丹波亀岡の古老は書き残しています。


狸は狐に比べて知恵が浅く、愛敬のあるといったイメージですが、江戸時代以前はどうやらそうでもなく、

「人を害する技、却（かえ）りて深し」

逆に狐よりも狂暴である、とまで書く本もあります。

室町期に成立した御伽噺の「カチカチ山」。皆さんがよく知る物語にも、爺さんの留守中、婆さんに取り入って殺害し、その肉を爺さんに食べさせて喜ぶたちの悪い狸が登場します。

鎌倉の説話集『古今著聞集』には、早くもその悪辣（あくらつ）ぶりが描かれていますが、これも参考までに御紹介しておきましょう。

昔、貴族藤原助頼（すけより）の子、斎藤左衛門尉助康（さえもんのじょうすけやす）という人が丹波の国府へ使いをしました。

日暮れて宿を貸す家もなく、彼は家来が見つけてきた無人の荒れ寺に入って一夜を明かすこ

とにします。

　すると、そこへ通りかかった者が、

「この御堂(みどう)は、昔より人を取る物が出るゆえ、旅人は誰も泊まりませんよ」

と言います。助康主従は、何ほどのことがあろうか、と笑って横になりました。

　その夜、雪が降り、風がごうごうと鳴って堂の四方がびりびりと震えます。

「なるほど、聞きしにたがわず、物すさまじい御堂かな」

　と、助康が堂の正面にある大柱に寄りかかっていると、庭の方に怪しい気配を感じます。彼が戸の破れ目から外を覗(のぞ)こうとすると、そこからやにわに巨大な手が伸びて、助康の頭を摑みかかりました。

　助康はもとより覚悟の上ですから、その手を逆に摑み取りました。相手は驚いたらしく、引こうとします。が、助康は許しません。互いに押したり引いたりするうち、戸が外れてその怪物は中に引き込まれてしまいました。

　助康が戸の上に乗ってみると、大男と見えたものは以外に小さく、摑みかかった手も次第に細くなっていきます。さらに押さえかかると、キキッと泣くではありませんか。

「灯を持ってこい」

　家来が火打ち石を打って火を灯すと、戸に挟まれているのは、毛の禿げた古狸です。

「この変化(へんげ)が人を食っていたか」

と、助康は腰刀を抜いて刺し殺しました。

「その後は、其(そ)の堂に人取りする事なし」

と『著聞集』巻の十七、「変化」の第二十七には書かれています。

どうやら丹波国というところは、鎌倉時代から性悪狸の本場であったようです。

五、三人の「天下様」にかかわる奇談

明智光秀が本能寺に攻め込んだのは、天正十年六月二日の朝、卯(う)の刻（午前六時頃）とされています。

当時は、日が昇ってから次の日と計算しますから、夜明け前に京へ乱入した光秀軍の行動を六月一日のこと、と書く歴史家もいます。

その未明、京の手前、桂川を渡ったところで、彼の部下が全軍に触れた言葉が記録されています。

「今日より我が殿が天下様にお成りあそばされる。下々草履取り(しもじもぞうりとり)にいたるまで、勇んで手柄を立てよ」

この日からわずか十日後の六月十二日。彼は山崎の野で秀吉に敗れ去ります。光秀の天下は俗に「三日天下」などと呼ばれますが、実際には十日天下と言うべきでしょう。

いずれにせよ、彼の「天下」はひどく短いものでした。

歴史的に見ても、本当の天下様とは、ある程度の時間、日本を動かし続けた信長・秀吉・家康の三人を指す言葉なのでしょう。次は、この人たちに関する怪奇話を語りましょう。

◆信長の大蛇退治

まず織田信長。

この人は、天文三年（一五三四）午の年に誕生し、天正十年（一五八二）午の年に自害しました。歴史の区分で大ざっぱに言えば、日本に鉄砲が伝わる十年ほど前の中世末期に生まれ、華やかな近世初めに死んだことになります。死亡時の年齢は四十九歳。

謎と迷信がはびこる中世に育っていながら、なぜかこの人には、身近に怪奇な話が存在しません。それが逆に不自然な印象すら与えています。

しかし、まったくないというわけではなく、よくよく調べていくと、彼の伝記『信長公記』の中にたったひとつ、

「ここに希異（不思議）な事あり」

で始まる一文が残っています。同書首巻（第一巻）『蛇かえの事』という章です。
その頃、尾張清洲（愛知県清須市）より五十町（約五・五キロ）東に、佐々木蔵人（内蔵佐とも）という地侍が、比良という城を持っていました。低湿地帯にあるじめじめしたところです。

その城の東北から南に長い土手の道が伸び、西に「あまが池」という澱んだ大きな池がありました。里人はそこをへび池と呼び、めったに近づかなかったといいます。

ある年の正月半ば。安食村の百姓で又左衛門という者が、雨降りの夕方、この土手道で不気味なものに出合いました。

それは胴の太さが大人の手でひと抱えもありそうな真っ黒く長い生物でした。その一部は堤（土手）の上に横たわり、先の方は土手を越えて池の中に浸かっています。

それが、又左衛門の近づく気配に、つっとかま首を持ちあげたのです。その面は鹿のように鼻先が長く、両眼は星のように輝き、舌先は紅色。それが手を広げたようにひらひらとひらめいていました。

これを見て又左衛門は、身の毛もよだち、その場から走って逃げました。在所へ戻って、このことをまわりの者に語ったため、たちまち話が広まります。

それが信長の耳にも入りました。正月下旬、彼は又左衛門を直接、自分のもとに呼んでいろ

いろ問いただし、

「その池を蛇かえすべし」

家臣たちに命じました。蛇かえ、とは水抜きして蛇探しする、といった意味でしょう。

近隣の比良大野木（おおのき）、安食、味鏡（あじま）の百姓たちを動員して池の四方から掻い出し（かいだし）をしましたが、どこからか水が湧き出すらしく、三割ほど水位が下がったところで水はまた増えてきます。

「もう良い。直接、池に入るぞ」

気の短い信長は我慢しきれず、くるくると着物を脱ぎ、短刀を口にくわえて池に飛び込みました。

しばらく浮いたり沈んだりしていましたが、諦めて上がってくると、

「底は泥でいっぱいだ。蛇とおぼしきものは見つからない」

と言いました。そこで家来たちが、鵜左衛門（うざえもん）という水に慣れた者を呼び、信長の代わりに調査するよう命じます。人々がその潜りの達人を見守っている間、信長は早くも蛇探しに飽きてしまったのか、さっさと帰ってしまいました。

話はここで終わりです。何とも尻切れトンボのような結末ですが、『信長公記』には、

「身のひえたる危うき事あり」

と、別の話がつけ足されています。

比良城の佐々木蔵人は、信長に反逆の心を抱いており、この蛇かえの時も病気を口実に顔を見せません。

常々、信長が蔵人に腹を切らせて比良城を乗っ取ろうと企んでいる、と読んでいた城方の中に、井口太郎左衛門（いぐちたろうざえもん）という者がいました。

「信長めが、それほどまでにあまが池に興味を持っているのなら、こちらで船を用意してやりましょう」

船頭や小者に化けて、言葉たくみに信長を船に乗せ、彼と家来を引き離す。池の真ン中まで来たところで船の者が隠し持った短刀で……。

「信長を引き寄せ、たたみかけ、突き殺し、組み打ちして水の中に入れれば、必ず息の根を止めることができます」

井口の計画を、蔵人は認めました。ところが、これが実行に移される直前、蛇かえに飽きた信長は、誰にも告げず帰ってしまったのです。信長の短所である気まぐれな性格が、その身を救ったと言えるでしょう。

「信長公御運のつよき御人（ごじん）にて」

と『信長公記』の筆者は、しめくくっています。

江戸時代、信長の評判は散々でした。

学者の新井白石は『読史余論』という本の中で、

「すべてこの人（信長）は、生まれつき残忍で、ただ人をだます力だけで志を得た。だから、その終わりが良くなかったのも、自ら取れるところ（自業自得）である。不幸と言うべきではない」

と書いています。

歴史を変えた人。新しいものを積極的に取り入れた人。合戦の名人。「覇王」などと呼ばれて、本やゲームで大人気の現代から見ると、その評価はまったく天と地ほどの違いが感じられます。

◆髑髏盃のこと（織田信長）

天正二年（一五七四）の正月。岐阜城にあった信長は、珍しく上機嫌でした。

前年の四月半ばには、武田信玄が甲斐国（山梨県）に撤退（実は病死）。七月には、反信長同盟の盟主である足利義昭を追放して、二百三十七年続いた室町幕府を事実上崩壊させます。そして、八月には越前の朝倉義景と、浅井久政・長政親子を攻め殺し、三人の首を京に晒しました。

「残る敵は、中国の毛利氏、石山本願寺、越後の上杉謙信、信玄の息子武田勝頼。これらは各個に撃破してやれば良い」

　岐阜城へ年賀に集まって来た味方の諸将、地域の商人などに、信長は広言します。

　そして客が退出した後は、馬廻衆だけを集めて酒宴を催しました。『信長公記』巻の七、冒頭には、こうあります。

「古今に承り及ばざる珍奇の御肴出て候うて、又、御酒あり」

（今も昔も聞いたことがない酒の肴が宴席に出て、酒が勧められた）

　ここで言う肴とは、酒のツマミではなく、宴を盛りあげる見世物のことです。それが、去る年（昨年八月）に討ち取られた敵将の首（髑髏）でした。

「ひとつ、朝倉左京の大夫義景首ひとつ、浅井下野（久政）首ひとつ、浅井備前（長政）首ひとつ」

　これを漆塗にして金粉をかけ、公卿（三方）に乗せて皆の前に出されたのです。

　信長と側近たちは、

「各御謡、御遊興、千々万々、目出たく、御存分に任せられ、御悦びなり」

　飲めや謡えや、踊りまで出て、大いに騒いだといいます。

『信長公記』の筆者太田牛一は、この場の宴をさらりと書いていますが、後世の人々は岐阜城正月の「首酒肴」をよほど気味悪く感じたようです。

伊藤宗恕の『老人雑話』には、少し違う物語が残されています。

正月朔日（一日）、諸将・大商人ら年賀の者に各々三献の儀があり、その後、馬廻衆ばかり残った時、信長は上機嫌で、

「おまえたちに、これまで見たこともない肴を馳走しようぞ」

皆の先に立って、岐阜城板敷の間に入りました。上段には、屏風が立てられています。全員が席につくと、

「まず、一献いけ」

と、身近に座った福富秀勝に酒器を与えます。

福富はそれを手にしますが、どうも形がおかしいのです。室町の礼法では正月三献の盃は、土器と決まっています。これは宴席が終わると使い捨てが習わしでした。だから作りが悪いのは当然でしたが、それにしても底が丸く、歪なのです。それでいて表面には豪華な箔濃が施されていました。

「平左（福富の呼び名）、それの正体が知りたいか」

「はい」

「それは、な。去る八月の二十四日に京へ上せ、獄門にかけたる左京大夫の髑髏盃よ。ほかに、我が妹の夫、その父なる仇の盃もあるぞ」

信長は高笑いして、上座の屏風を開きました。そこには三方に置かれた三つの髑髏が並んでいました。

「この盃の作り方を教えてやろう。まず、首を煮て肉を剝ぎ取り、よく干した後で額の部分を水平に二分する。頭の上の部分を盃と成し、下のところは台と成す。奥歯を残して、これを台の足とするのだ。これが漢の髑髏盃の正しき形である」

福富秀勝は前年、近江（滋賀県）から敗走する朝倉義景を信長方諸将が取り逃した時、真っ先に追撃して名を高めた勇者でしたが、それを聞いて身に震えがきました。

「汝は此度の功績大なるがゆえに、この盃へ最初に口をつけること相許す。名誉ぞ」

信長は自ら提子を取って、酒を注ぎます。

「盃はまだふたつある。飲んで次席にまわして行くのだ」

浅井下野久政、同備前長政のそれ、と盃がまわります。馬廻衆の者たちは、嫌々ながら盃に口をつけました。

福富秀勝は、御長屋に戻ると家来に酒を用意させて口直しをしました。そして家の者に、

「正月早々、えらく縁起の悪いことをしたものだ。我が殿の後生おそるべし」

と言いました。

しかし、彼はこの一件で織田家を見かぎることはなく、馬廻指揮官に出世した後、天正十年

（一五八二）、本能寺の変まで側近を務めました。その最後は、信長ではなく二条御所にあった長男信忠の陣所に駆け込んで、ともに討ち死にしたということです。

福富の見た朝倉・浅井ら三人の盃は、現在伝えられていませんが、江戸初期に作られた髑髏盃は、常陸国（茨城県）瓜連の常福寺に寺の宝として残されています。写真は発表されていませんが、実際に見た人の話では、頭の頂点の丸い部分を横へふたつ割にして、上を盃、下を盃の台にするところは、福富の話とまったく一緒です。

ただ、常福寺の髑髏は、大きく開いた目の穴に、いつの時代にそうしたものか木の蓋をはめて金箔を押し、眼まで描かれていて、見た目はかなり不気味なものとなっているそうです。

この髑髏の主には諸説あり、水戸藩士の藤井紋太夫、能役者の長野彌十郎、あるいは永野九十郎の名があげられています。

『旅窓夜話』という本には、

「永野九十郎、水戸を出奔し、長く行方知れずであったが、能役者として戻ってきたところを見つかり、水戸徳川家の頼房に手討ちにされた。これは城中で催された能の最中であったという。当時光圀公（後の水戸黄門）は僅かに七歳。頼房は息子に武門の意地を教えるため、夜中、城の桜の馬場から首打ち捨ての場所まで、血の滴る生首を抱えて運ばせた」

と伝えています。また『甲子夜話』には、

「此の物（髑髏盃）を今見ると、表面は公（水戸黄門）の手ずれで、琥珀色に変わり、まことに美しい、と常福寺の僧は語る」

とも書かれています。何度も手で触っているうちに金箔が取れて、下地の漆が出てきてしまったのでしょう。

水戸黄門は、子供の頃の度胸試しの思い出を懐かしく思っていたのでしょうが、どうもこのあたり、我々がテレビや映画で知っている黄門さまとは、少しイメージが違っています。

◆秀吉と果心居士

その点、今も昔も変わらぬ人気を集めているのが秀吉です。低い身分から身を起こして天下人になった彼を、庶民は喜んで受け入れました。

徳川氏が頂点に立つ江戸時代、家康が滅ぼした豊臣氏をほめたたえることは、表向き禁止されていましたが、人々は羽柴を真柴、秀吉を久吉などとうまく言い変えて、歌舞伎や読本に取りあげました。

秀吉の人生は信長と違い、それほど血に汚れてはいないという印象があります。しかし、実際には彼も戦国時代の人ですから、殺伐としたことを数多くこなしていました。それがあまり人々の記憶に残らないのは、世間を欺く自己宣伝術が非常に巧みであったからでしょう。

彼は天下人になると、貧しい家の出であることを急に恥ずかしく感じたのか、金銭をばら撒いて、元将軍足利氏や、関白近衛家の一族に入ろうとしました。それがうまくいかないとわかると、偽家系図作りの名人や嘘話の達人を掻き集め、自分が天皇家の隠し子である、といったような噂まで流したのです。

しかし世の中も、そう甘くはありませんでした。秀吉が情報を操作しようとすればするほど、彼の貧しく暗い過去を密かに調べようとする人々が次々に現れます。

今日の私たちは、江戸時代に成立した『太閤記』や『絵本太功記』の影響を強く受けた物語によって秀吉の生涯を理解したつもりでいます。しかし、彼がまだ生きていた頃から、これとはまるで違う内容の「伝記」があちこちに伝えられていました。

信長とも親しかったイエズス会の宣教師ルイス・フロイスは、

「秀吉は、美濃国の貧しい百姓の子だった。着る物もなく、いつも古い薦を被り、山の薪を拾って生活していた。これは秀吉自身が私に語った話である」

と書き残しています。彼が尾張国中村（名古屋市中村区）の足軽の子で、母からもらった銭で木綿針の行商をしていた、という話と少し違っています。

また、秀吉が遠江（静岡県西部）の頭陀のあたりをさまよっていた頃、「どじょう売りの与助」と呼ばれ、土地の女性と夫婦になっていた、という話も残っています。これは遠州浜松あたりの里人が語り伝えたものを、明治になって歴史家山路愛山が収集した話です。

実は、これにも無残な物語がつけ加えられています。

「与助」は、頭陀城主松下加兵衛の小者になりましたが、家中の侍と折り合いが悪く、ある日、主人の金子を持ち逃げします。

土地の者であった嫁も連れて出たのですが、途中、足手まといになると見ると、あっさり殺してしまった、というのです。これが後ろめたかったのでしょう。秀吉は、太閤となった後も時折、その嫁の幻に恐れおののいたといいます。

以上の話を証明するような怪談も残されています。

江戸時代の寛延二年（一七四九）に出た『虚実雑談集』にある、果心居士と秀吉の出会いです。

果心居士は、戦国時代末期に活躍した幻術師です。元は九州筑紫の人とも、また大和国（奈良県）の生まれで、長く高野山で修行していたとも言われています。

京に上り、各所で術を見せては銭を請うていましたが、ある日、彼は秀吉のお召しを受けました。

「おまえの技を、余は常々不審に思っている。術を見たいから、急ぎ大坂城に参れ」

秀吉は、人をたぶらかして歩く果心居士の術を見破って、恥をかかせようと考えていたのでしょう。果心居士は、彼の企みを読んで何度も断りましたが、間に立つ人が困り果てているのを見て、仕方なく大坂に下り秀吉に拝謁しました。

それは天正十二年（一五八四）八月十日のことであったといいます。この年、大坂城は一応の完成を見て、秀吉が城内の邸宅に入ったのは同じ月の八日。果心居士は、木の香（か）もかおる出来たての新邸に召し出されました。

秀吉が彼と対面したのは、大広間でした。座敷には百人を超える家臣たちが居ならび、果心が少しでも無礼な振舞いをすれば、即座に斬って捨てようと身構えています。

「汝（なんじ）、目くらましが得意と聞く。この場でつかまつれ」

秀吉は上段の間から命じました。

「はて、このような場所では」

果心居士は答えます。

「できぬと申すか」

「御家来衆の目もございますれば」

「家臣がこわいのか」

秀吉は嘲笑いました。果心は、むっとして、

「さればひとつ仕りましょう。後で決して悔やまれませぬように」

広間の中央に大きな香炉を用意させました。

「あとはどうする」

「部屋に通じる戸を全て閉ざしていただきたい」

家来たちが立って障子や杉戸を全て閉め切ると、室内は真っ暗になりました。

果心は着物の袂から香を取り出して、香炉の中に投げ入れます。闇の中に香の匂いだけが広がりました。それがしばらく続いた後、突然、果心居士が座っていたあたりから、青白く人の形をした炎が立ちのぼったのです。

秀吉も大勢の家臣たちも息をのみました。

炎はやがて、髪の長い痩せた女の姿に変わりました。

百人の家臣たちには、初めて見る女でした。しかし、上座の秀吉だけは、わっと叫んで立ち上がり、

「やめよ。果心」

秀吉の悲痛な声に女の姿は淡々と消え、そこには果心がぽつん、と座っているばかりでした。

秀吉一人が知るこの女性こそ、「どじょう売りの与助」時代に、彼が手にかけた嫁であろう、

と『雑談集』は書いています。

自分の秘密を暴露されて怒り狂った秀吉は、その場で果心居士を捕らえ、磔刑にすることを命じます。

磔刑柱に登った果心は、人々の見ている前で鼠に化けて柱を走り、そこへやって来た鳶につかまれて飛び去った、と伝えられます。これも幻術のひとつだったのでしょう。

うまうまと果心に逃げられたと知った秀吉の怒りは、大変なものであったと想像されます。

◆曾呂利新左衛門、化け物退治を語る（豊臣秀吉）

関白秀吉が全国に戸口調査と人払いを命じた頃の物語です。

大坂城中において秀吉は、久々に気晴らしの宴を催しました。奥向きの女性や御伽衆だけを集めた気のおけない集いです。

ちょうど夏の盛りでした。御伽の者は納涼の常で、諸国の怪談噺を次々に御披露します。

女性たちは息をひそめてこれに耳を傾けますが、秀吉は一人黙って盃をもてあそぶばかり。

そのうち、

「おまえたちの物語は、人が違えど、どれもこれも似たような筋ばかりじゃのう」

文句を垂れ始めました。

「話が暗うていけぬわい。もっと、ぱあっと笑いがこみあげてくる怪異譚はないものか」

この時の秀吉は、朝鮮出陣のため、肥前名護屋(ひぜんなごや)城に向かう準備中でした。終始大胆なこの人にも、精神的な重圧がのしかかり、とてものこと陰気でうっとうしい怪談など聞いていられなかったのでしょう。

こういう時に登場するのが、堺の鞘(さや)師あがりで頓智(とんち)名人、曾呂利新左衛門(そろりしんざえもん)です。

「されば、殿下。まず、その御手元にある盃を干されませ」

「何とな？」

「酒は百薬の長。心の憂さを晴らすばかりか、化け物にも効果ありとか」

勧められるまま、秀吉は苦そうに盃をあげました。

「いや、お見事、お見事」

新左衛門は座敷の中央に進み出て膝を整えます。

「殿下におかせられましては、京の三十三間堂に化け物あり、とお聞きなされたこともございましょう」

「ああ、七つ下がれば（夕方になれば）人は堂に立ち入らず、というあれか。たわいもない」

「それが近頃、退治されたとの噂にて京の者は夜詣(よまい)りもいたします」

「ほう、その子細を申せ」

「されば、でございます」

新左衛門は、もったいぶって話し始めました。

化け物出没の噂が内裏にも聞こえ、禁中（ここでは御陽成天皇）、御立腹あそばされて、「その化け物平らげたらん者は、褒美あるべし」と申されました。

しかし、公家侍たちの中に、誰も志願する者がいません。そこで、市中の知る辺にも声をかけたところ、京油小路五条あたりに住まう一人の牢人が禁中に伺候します。

「それがし、化け物を従え（退治）申さん」

と彼は胸を張りました。この男は、もと豊前（福岡県）のさる大名家に仕えておりましたが、大変な酒好き。ついには仕官先をしくじり、洛中で自堕落に暮らす、どうしようもないと評判の者でした。

内裏の役人は、困った奴が来たものだ、と思いましたが、ほかに志願者もいないので仕方なく、彼にこの役を与えました。

男は自分の腰に下げた大瓢箪に口まで酒を詰めることを求め、

「これにて充分でござる」

太刀も下げず鎧もまとわず、ふらりと三十三間堂に向かいます。

夕刻、人気の絶えた堂の端に腰を落ち着け、大好きな酒をちびちびやっておりますと、案の定、夜もふけた頃、ずしりずしりと地響きが聞こえてきます。

見ると、堂宇の梁を超えるほどの大坊主が、眼を爛々と輝かし、熊手のような手で男をひとつかみにしようと迫ってきます。

男は、酒臭い息をふうっと吐いて堂の縁に頭をすりつけると、あわてることなく口上を述べました。

「これはこれは、日頃承りおよび候（評判に聞く）化け物様でござ候うか。まず初対面の御挨拶を申しあげ候」

化け物は男の丁寧な言葉に、とまどい、やがてものすごい声で笑い出しました。

「さてさて、汝は変わった人だな。一口に食べてやろうと思ったが、しばらく許してやろう。さて、ここへは何の用事があって参ったのか」

「それが、でございます。酒に酔い、何となく歩きまわるうちに、ここへたどり着きました」

「興が至るというやつだな」

化け物は増々高笑いします。男は甘えるように、

「化け物様は、様々なものに御化けなさると聞き及びます。これも酒の余興なれば、ちと美しき貴婦人に化けて下さりませぬか」

化け物は呆気にとられたようですが、すぐに気をとりなおし、

「汝は洒落たることを言うものかな。よし、望み通りに化けてやろう。その後、一口にて呑み込んでやる」

一瞬のうちに美女となって、にっこりと頬笑みかけます。

「これは、巧みなる技かな。諸国に変化多しと言えども、そなた様ほどの御力はございますまい。流石は京の化け物様にございます」

「わははは」

化け物もそう言われては、まんざら悪い気もしません。男はさらに甘え口調で、

「では、次に美しき稚児に化けて下され」

化け物は褒められた手前、断わることもならず、大寺に仕える稚児の姿に変じます。

「これもこれも、よく成されてございます。では、とてものこと（いっそのこと）鬼の姿など、いかがでしょう」

「それはたやすい」

稚児はやにわに背の丈一丈（約三メートル）ばかりの鬼となって、角を振り立てます。

「これは変わり身の早い。見事、見事」

「もう良い頃合いであろう。汝の申すことを聞いておれば朝になってしまう。早や食われよ」

化け物はうんざりとしたように言いました。男はここで声をはげまし、

「では最後の望みにございます。大いなる者に化けたる化け物様。流石に梅干のごとくなる小粒のものに御成りなさるは如何かと」

「我、梅干になれば、もはやあきらめて食われるか」

化け物の問いに、男は大いにうなずきます。

「是非に及ばず」

「では、見ておれ」

鬼の形をした化け物は見る間に縮んで、一個の梅干に変わり、堂宇の床をころころと転がりました。

「さても奇特に御化け候うものかな。もっとよく見たいゆえ、我が手の上へ御あがり候え」

男が手をひろげると梅干は、ぽんと掌に乗りあがります。

得たり、と男はその梅干を口に放り込み、がりがりと噛み砕くや、瓢箪に入った酒で胃の中に流し込みます。

　そのまま朝を待って内裏へ走り込み、

「化け物を平らげてございます」

と禁中に上奏すれば、後陽成天皇も御感ななめならず（御機嫌うるわしく）、多くの御褒美

を下されたとか……。

新左衛門の話を聞き終えた秀吉は、左右を見まわして、

「余の求める怪談奇談とは、かような明るい噺である。曾呂利よ、汝(なんじ)の話術に我が憂さは晴れたぞ」

秀吉は、腰に差した吉光(よしみつ)の脇差を与えました。新左衛門の果報は、たちまち大坂城中に広まりましたが、これを聞いて顔をしかめたのが、秀吉の側近石田三成(いしだみつなり)です。

「強大な力を誇る者が、世を茶にして渡る道化者に破れ去る物語とは」

真面目な三成は、これこそ秀吉の権力を新左衛門が嘲笑(あざわら)うものと見て、過日の宴(うたげ)の話が外部に漏れぬよう禁令を発しました。

利口な新左衛門は、身の危険を感じます。御下命を受けて一度は肥前名護屋城に下りますが、すぐに病を理由に堺へ戻り、自ら謹慎したということです。

◆家康と「ホウ」

さて、天下人最後を飾るのは徳川家康です。

この人も怪奇噺とは、あまり縁のないことで知られています。

それは、周囲の人々が徳川三百年の基礎を築いた大人物として、「怪しい噂」と思われるものを片端から消してまわったからだ、と言う研究家もいます。

そのせいか、明治時代になって、歴史の封印が解かれると、堰を切ったように家康の人生に対する疑問が、世の中に溢れ出ます。

元福岡藩士で歴史家の村岡素一郎という人が、明治三十五年（一九〇二）『史疑徳川家康事蹟』という本に、

「家康は永禄四年（一五六一）、家臣によって暗殺され、現在の岡崎市にある寺に葬られた。後は二郎三郎という影武者が家康の役を長くつとめた」

と書き、講演会まで行ないました。静岡では、家康を尊敬する人々が会場で大暴れした、と当時の新聞には載っています。

この素一郎の家康影武者説は、以後いろいろと発展し、元亀三年（一五七二）の三方ヶ原戦死説、天正十年（一五八二）本能寺の変に際して、伊賀逃亡中に討ち死にの説、元和元年（一六一五）、大坂夏の陣で豊臣方に追われて討ち死にした説など、多くの影武者噺を生み出しました。

特に最後の夏の陣死亡説は、古くから大阪府堺市の南宗寺に、彼の墓と伝えられるものがあり、現在でもこれを題材にした歴史小説が何冊か出版されています。

こうなると、家康の経歴そのものが怪奇と言わざるを得なくなりますが、そのあたりを書いてしまうと、一冊の本で済まなくなりますから、触れないでおきましょう。

ただ、ここでは、家康が晩年に見たかもしれない短い不思議噺だけを紹介しておきます。

『駿府記（すんぷき）』という誰が書いたかわからない日記風の本には、彼が駿府（静岡市）の城内にいた時、突然奇妙な生き物が現れた、という記事が残されています。

家康が将軍職を息子秀忠（ひでただ）に譲り、駿府城に入ったのは慶長十二年（一六〇七）秋のことですから、それ以後の話でしょう。

ある日、城内の庭に、奇妙なものが出現しました。

「大きさは小児（こども）ぐらい。肉色（にくいろ）のかたまりで、目鼻もなく、手のようなものが、天を指すような格好で……」

立っていたのです。城中の侍たちは、その気味悪さに、まわりを取り巻くばかりでした。が、一人の者が勇気を振るって叩いてみると、その肉のかたまりは、ちょこまかと走りだしたのです。

「なんだ、この化け物は」

侍たちは追いまわしますが、存外素早い動きで、捕まえることができません。

その知らせが家康のもとにも届きます。彼は顔色ひとつ変えず、

「別に悪さもしないのでは、妖異とは言えまい。うまく取り巻いて、城外に追い払え」

と命じました。やがて怪物は姿を消し、誰もが一息つきます。

「流石は大御所（家康）さまだ。冷静に御判断なされる」

　この話を耳にしたのが、その日遅れて登城した物識りの侍でした。彼は人々の見聞きしたものを詳しく問いただし、

「ああ、惜しいことを」

　とつぶやきます。何事かと尋ねられて彼は、

「その奇妙な生き物こそ、唐の白沢図にある、『ホウ』であろう」

　白沢は、毛の長い獣の身体に老人の顔を持ち、不思議の技を人に教える中国の神獣です。ホウは別名を肉塊とも言い、白沢が大地の気を集めて作り出すと言われています。

「ホウの肉を食らえば、すなわち不老不死を得るとか。家臣たち、蒙昧（無知で道理に暗い）ゆえに、みすみす尊い薬のもとを逃がしてしまうとは残念だ」

　彼の言葉を聞いた家康が何と答えたか、『駿府記』は伝えていません。

　この頃、家康は六十六歳。当時としてはかなり高齢でしたが、日々の運動を欠かさず、薬を自ら作って飲む一種の健康マニアでした。それは、未だ大坂にあって徳川家から天下を取り戻そうと企む豊臣方を滅すまでは死ねぬ、という彼の決意の表れでもありました。

それなのに、このホウに対する家康の冷淡さは、一体何なのでしょう。これも不思議のひとつです。

六、少年道灌と化け茸――太田道灌

家康が関東六ヶ国の主として江戸城に入ったのは、天正十八年（一五九〇）八月一日のことです。

以来徳川家は、その日を八朔（はっさく）・江戸御打ち入りと称し、明治時代に至るまで大事な祝日に定めています。

江戸城は、それより百三十三年前の長禄元年（一四五七）に、名将太田道灌（おおたどうかん）が築いた名城ですが、いかにも手狭であったので、家康はさっそく大改造に取りかかります。城の下まで海が入り込んでいたところは、神田の山を切り崩して埋め立てます。幾筋もの堀を作り、城内にあった寺や神社を城外に移して鬼門避けとしました。

太田道灌に関する神社も、神田川の土手上に移転され、江戸で最も古い疱瘡（ほうそう）よけのお稲荷（いなり）さんとして親しまれました。

家康も江戸っ子も、道灌が好きでした。それは、彼が戦えば必ず勝ち、城造りの達人で、しかも学問があり和歌の名人であったからです。

また、道灌は子供の頃から、物に動じない性格でした。

ある朝、彼の屋敷の入口に巨大な茸(きのこ)が生えました。丈は人の子供ほど。笠の大きさは三尺（約九〇センチ）以上もあり、遠くから見ると、誰かがうずくまっているように見えます。

人々は化け茸と呼んで恐れましたが、少年道灌は平気で近づき、いろいろ観察して言いました。

「人の屋敷の玄関先に居座るとは、礼儀を知らぬ。これは大した化け物ではあるまい」

すると翌朝、茸は入口から少し離れたところに移動していました。

道灌はこれを見て、手を打って笑いました。

「なんと物わかりの良い化け茸か。人語を解するとは茸ではないな。狐か狸が化けたものだろう」

次の日、化け茸は影も形もなかった、ということです。正体を見破られた狐狸(こり)が逃げ出したのだ、と人々は少年の知恵に感心しました。

そんな道灌ですが、あまりの名人上手ぶりを嫉(ねた)む者もおり、主家の扇谷上杉定正(おうぎがやつうえすぎさだまさ)にまで憎まれてしまいます。

文明十八年（一四八六）七月。相州(そうしゅう)（神奈川県）糟屋(かすや)の定正館(やかた)で風呂を勧められた道灌は、無防備でいるところを定正の兵に襲われ、五十五歳で死亡します。その最後の言葉は、「当方滅亡！」。上杉家は滅びるぞ、という呪いの叫びでした。

七、魔に憑かれた晩年――上杉謙信

戦国時代、越後国（新潟県）周辺の人々は、上杉謙信を、「軍神（いくさがみ）」と呼んで畏れうやまいました。

信州川中島に進み、武田信玄と一騎討ち。雪の三国峠を越えての関東出陣。織田の軍勢を一瞬で討ち破った手取川（てとりがわ）の戦いなど、その最強伝説は、今も本やテレビに取りあげられています。

謙信は七歳で禅寺に入り、十七歳で国内の反逆者を討ち、十九歳で兄に代わって家を継ぎました。

居城の春日山（かすがやま）城に入った後は真言密教にも強い興味を抱きますが、これは実の母の強い影響を受けたからともいわれています。

彼は城内に戦いの神毘沙門天（びしゃもんてん）を祀（まつ）る堂を建て、

「我、ひとたび天下の乱逆をしずめ、四海一統に平均せしめんとす。もしこの願望（のぞみ）かなわずば、すみやかに死を賜わらんことを」

（私は世の中を平和にして秩序を取り戻す。この願いがかなわない時は、死をお与え下さい）

と祈り、身近に女性を近づけず、肉食せず、真面目な僧侶と同じ生活を己に課しました。

こうした信心深さは、裏返せば迷信深さにもつながります。

謙信は、天竺（インド）の神仏噺や超人の活躍するストーリーを好みました。折に触れてはそんな話を求めて、放浪の説話僧や、身分の低い芸人を身近に集めます。元亀年間（一五七〇―七三）頃には、芸人に化けた間者を招いて危うい目に遭ったこともありました。

怪奇を好む者には魔が憑く、といいます。人々から不思議噺を聞き続けるうちに、自然、彼のまわりにも怪異が現れるようになっていきました。

それは天正元年（一五七三）一月。越中の一揆を討つため、彼が一人出陣の祈りを捧げていた時のことです。

場所は春日山城内の持仏堂でした。祈禱は深夜から始まり、明け方近くまで続きました。そして経文を全て読み終え、謙信が座を立とうとした時のことです。

部屋の隅で何か動くものがありました。

（鼠か）

と思って目を凝らすと、一寸（約三センチ）ほどの小さな人です。

奇怪な、と謙信は座っていた円座を取って叩きつぶそうとしましたが、つっとその手が止まりました。

もう一方の部屋の隅から、別の小人がちょこちょことやって来たのです。二人は板敷の真ン中で出合うと、ちきちきと声をあげて挨拶し始めました。

(こ奴ら、何を言っているのだろう)

謙信は、二人の小人に顔を近づけました。小人たちは、彼が目に入らないのか、まったく気にする様子も見せずに、

「これは良いところで出合いました。季節のことでもありますし、水遊びなどいたしませんか」

「それは良い考えですね」

などと会話しています。謙信は呆れて、

(まだ春にもなっていないのに水遊びとは、やはりこ奴らは化け物だな)

この時、春日山城は深い雪の中に閉ざされていました。

二人の小人がちょこちょこと歩いていくと、なぜか部屋の真ン中に水たまりが出来ています。

「やあ、これは野尻(のじり)の池に出た」

「船遊びしましょう」

そこには手のひらほどの船が浮かんでいます。小人たちは船に乗り込むと、水たまりの中央に漕ぎ出しました。

「これは大きな池ですね。魚もいっぱい住んでいるようだ」

一人の小人が水の中を覗(のぞ)き込むと、もう一人の小人が、その後ろに立って言います。

「ここは人を食う悪い魚しか住んでいませんよ」
「悪い魚ですと」
「はい、その魚の餌に、あなたをくれてやりましょう」

後ろに立つ方がやにわに前の小人に抱きつき、

「越前殿、許せ。全てはお家のためじゃ」

二人してどぼん、と水中に飛び込みました。

次の瞬間、謙信は意識を失って、その場に倒れ込みました。

しばらくして気づくと、戸の隙間から朝日が差し込んでいます。床には、祈禱に用いる法具の水差しが倒れて水がたまっていましたが、小人たちの姿はどこにもありません。

我に返った謙信は、ぞっとしました。上杉家では「越前殿」というのは、たった一人。彼の姉の夫、謙信の義理の兄にあたる長尾越前守政景のことでした。それより十数年前、謙信は自分に反逆した政景を見過ごすことができず、家来に命じて殺害させました。上田庄野尻の池で、表向き溺れたように見せかけたとされています。家中でも極秘とされたこの暗殺事件を、怪異が演じてみせたことに、謙信は強い恐怖を感じたのでした。

以来、彼は家来の前でも塞ぎ込むことが多くなり、飲む酒の量だけがどんどん増えていきました。

やがて、一種のアルコール依存症に近い状態となった彼は、些細なことで怒り狂い、家臣たちを手討ちにすることが増えていきます。

上杉家にはその頃、柿崎和泉守景家（かきざきいずみのかみかげいえ）という、家中でも一、二を争う猛将がいました。この人は謙信にも大変信頼されていたのですが、天正二年（一五七四）から翌年にかけて、突然、上杉家の記録から消えてしまいます。

多くの歴史家はこれを、敵となった織田信長の流す偽情報を信じた謙信が、景家を殺害した結果、と書いています。

この頃から、春日山城では怪しいことが次々と起き始めました。

深夜、城中の毘沙門堂詣りを許された人々が、お堂の縁側に髪をふり乱した者が座っているのを目にします。暗い中で男女の区別もつかぬ有様でしたが、一人が何者か問うと、低い声で、

「泉州（せんしゅう）である」

と答えました。柿崎和泉守の通称です。堂詣りの者は震えあがり、以後、深夜ここに近づく者は絶えたということです。

『北越軍談（ほくえつぐんだん）』という本には、謙信の誤った判断で手討ちにされた人々の生首が仏間に並び、彼に恨みを述べて高笑いしたとか、城内の侍屋敷（さむらいやしき）で悲鳴があがり、番兵が駆けつけると別の場所で悲鳴があがるとか。これが一晩中続く時があり、やがて人々は気にしなくなったと書かれ

ています。

天正五年（一五七七）、謙信が能登に出陣した後も、城中では怪異が続きました。

彼の姉（その頃は尼になって仙桃院と名乗っていました）が夜、侍女たちと炉端で語り合っていると、突然囲炉裏の灰の中から高さ四寸（約十二センチ）ほどの、馬に乗った人形が出てきました。

驚いた侍女たちが追いますが、人形は部屋中駆けまわり、仙桃院の着物の袖口から中に飛び込んでしまいます。彼女には、その人形がまったく見えず、また身体のどこを探しても出てこなかったといいます。

翌年の天正六年（一五七八）三月。謙信は厠で倒れ、四日後に死亡しました。死因は脳溢血。これも大量の酒を飲んでいたせいでしょう。

謙信はその年、信長を倒して京に上るつもりでした。この戦いの天才と槍先を交わさずに済んだ信長は、大いに安堵したといいます。

八、勝千代と木馬——武田信玄

上杉謙信をここまで書いたなら、そのライバル武田信玄についても触れておかねばならないのですが、困ったことに、この信玄も信長のように、ほとんど怪談めいた話が伝わっていません。

信玄という名は法名（僧侶としての名前）で、本名は晴信です。戦国大名で坊さん、というあたりは謙信に似ていますが、考え方は百八十度、異なっています。

たとえば、戦いに勝つための願文（神仏に成功を願う文章）を書く場合、謙信ならば、

「相手の○○は、こういう悪いことをする奴である。私は正儀の戦いをするので、ぜひ守ってほしい」

といった意味の言葉を並べます。それが信玄になると、

「私はこういう戦い方をして、こういう場所を手に入れたい。もし願いがかなうなら、手に入れた土地のうち、○○領を捧げます。太刀を何腰、鎧を何領お供えします」

と、寺社に現実的な数字を示して約束をしました。

考え様によっては、まったく可愛気のない人ですが、こんな信玄にも元気な少年時代がありました。

彼は幼名を勝千代と名づけられ、古府中（山梨県甲府市）で育ったと伝えられます。

幼少の頃――おそらく五、六歳の時でしょう――、座敷で一人遊んでいると、突然、そばに置いてあった木馬が口をききました。

「勝千代、勝千代」

「なんだ」

勝千代は、さして驚くこともなく返事をしました。

「おまえは幼いながら刀を差し、毎日、我が背に乗って乗馬の練習をしている。褒めてやろう」

「ふん、武田家の子なら、あたり前のことだ」

すると木馬は首を振って、さらに尋ねます。

「ならば聞く。兵法（武芸）とは何ぞや」

勝千代は、さっと腰の短刀を抜くと、

「兵法とは、これよ」

斬りつけました。

ぎゃっと叫んで木馬は姿を変え、たちまち巨大な古狸となって倒れます。

勝千代の短刀は、名工正宗の作でした。以来、武田家中では、この刀は「狸正宗」の名で知られるようになったということです。

武田信玄は多くの優秀な家臣たちを召し抱えていました。その中でも特に武勇を謳われた上級武士たち二十四人は「武田二十四将」と呼ばれています。

この二十四人の顔触れは、戦死や病死などによって常に一定ではありません。また、この二十四将に勝るとも劣らない侍大将が後に十七人ほども控えていました。信玄は彼らのライバル心を煽りたてることにより、強靭な家中を作りあげていったのです。

この二十四将の中に、原隼人佑昌胤という人がいました。武田家には、昌胤のほかにも同じ原姓を名乗る美濃守虎胤という足軽大将が居り、資料などでは時折取り違えが起きたりもしていますが、隼人佑の家は古くから甲府の近くに土着し、対する美濃守家は、下総国（千葉県北部）で没落し、甲斐に流れてきたとされていますから、両家は別のものでしょう。

その前者、原隼人佑の父は、加賀守昌俊といいました。信玄の父信虎にも信頼された戦巧者で、息子隼人佑にも、

「武士たる者、いかなる戦いにも臆してはならない。打物（剣術）弓矢、何でも使いこなすことが大事だ」

と、子供の頃から厳しい修練を積ませたといいます。

この加賀守親子には、奇怪な話が残っています。

加賀守の妻で隼人佑の実の母親は、同国北巨摩郡の逸見氏でしたが、加賀守が出陣している間に病でなくなります。急ぎ帰陣した加賀守は、彼女の亡骸を甲府の法城寺に葬りました。ところが、数日経った夜、その妻が突然帰宅したのです。

加賀守は、妖怪が化け出たものと思って用心しましたが、彼女の様子には何も変わったところが見受けられません。

加賀守はやがてその妻と、元通りに暮らし始めました。

そしてしばらくすると、妻は男の子を出産します。それが隼人佑でした。

妻は息子が三歳になるまで面倒を見た後、消え入るように死んだ、と『甲斐国志』に書かれています。

隼人佑は冥府（あの世）から蘇った母を持つだけあって、変わった才能がありました。

戦場の地形を探る達人で、そこが初めての土地であっても進むべき道を適確に判断し、敵の動きを事前に察知します。

信玄は彼の能力を高く評価し、城造りや棒道と呼ばれた武田家の軍用道路造り等、土木の一切をまかせました。

この「妖怪から生まれた異能の人」も、時代の流れには勝てなかったようです。

天正三年（一五七五）長篠の戦いでは、織田・徳川連合軍と渡り合い、一時は徳川方の石川数正隊を追いつめる活躍を見せますが、敵方の激しい銃撃の中、弾に当たって戦死しました。

九、死んだ兄の予言――今川義元

信玄が謙信と最も異なっているのは、妻も子もいた、というところでしょうか。

彼の嫡男（正妻の生んだ長男）義信は、武田氏が現在の長野県中部地方を制圧した頃、隣国駿河国（静岡県）の、守護今川義元の長女を妻としました。

それ以前、信玄の姉が義元のもとに嫁いでいましたから、今川家と武田家は、二重の親戚関係を結んでいたことになります。

さて、戦国史上、今川義元ほど多くの誤解を受け続けた人も、また珍しいでしょう。

歴史ドラマなどでは、必ずと言って良いほど、白塗りの化粧姿で登場し、いつもホホホと笑ってばかりいる貴族風の肥満児。桶狭間で逃げまわり、信長に討ち取られる不様な武将といったイメージばかりが先行しています。

しかし、実際にはこの人ほど領国の経営に力を注ぎ、家臣との結びつきに注意を払い続けた人もまた珍しいと思います。

外交政策では隣の強国、甲斐の武田氏や、相模（神奈川県）の後北条氏と手を結んで国境を安定させます。家の収入を増やすために、安倍川上流の金山を開発し、諸国の商人を招いて商業・流通を発展させています。

駿河国は背後が山がちで、海に面した細長い土地しかありません。義元が家を継いだ頃の領国収入は、実質二十万石程度のものだったと考えられています。

それが義元の死の直前には、百万石ほどに膨れあがっていました。当時の人々は彼を、

「海道一の弓取り」

と呼びましたが、その評価は正しいものだったのです。

義元は、初めから武将としての教育を受けたわけではありません。今川家の五男に生まれ、幼い頃、駿河国の禅寺善徳寺に入り、梅岳承芳と名乗っていました。京の本山や各地の寺で修業して十代の後半に駿河へ戻り、兄氏輝急死によって家督を継いだのです。

足利将軍家も、彼が跡継ぎとなることを承認しましたが、ここに不満を唱える一派が出現します。

彼の腹違いの兄で、同じ僧侶身分の玄広恵探という者が、駿河府中の西、現在の焼津市・藤枝市を拠点として、

「家督は兄である我にあり」

と、叛旗をひるがえしたのです。

これを「花倉（はなくら）（花蔵）の乱」といいます。一度は駿府の今川館を襲われた承芳（義元）ですが、半月後に恵探の花倉城を囲み、藤枝の普門寺（ふもんじ）で恵探を自害に追い込みました。天文五年（一五三六）六月十日のことです。

それから数えて二十四年後。義元四十二歳の時、尾張進攻が開始されます。世に、義元の上洛戦（じょうらくいくさ）。京に上って天下を握る戦いなどと書かれていますが、現在ではこの上洛説は、おおむね否定されつつあります。

実際には、三河国を狙う尾張織田家との国境争いらしく、今川家は京につながる道筋の大名家とも同盟を結んでいません。

それでもこの作戦は、今川家の全力を傾けたものでした。駿河周辺の兵をこぞって、約二万五千の大軍が動員されています。

永禄三年（一五六〇）五月十二日朝。義元は出陣の儀式を終えました。

そしていざ、乗馬という時です。彼の愛馬が急に暴れ始めました。

出陣の際、馬が気負うことはよくあることですが、その異様なまでの跳ねまわり方に、兵士たちはあわてました。

義元はしかし、少し顔をしかめただけで鞍（くら）に跨（またが）り、そして落馬したのです。

馬の口取りがあわてて、鏑矢（かぶらや）であたりを払いました。当時、出陣に際しての落馬は、不吉とされていました。

「よい。余は輿（こし）に乗る」

義元は、別に気にする様子もなく、板輿（いたごし）を用意させました。彼はこの頃、ひどく太っていて、馬の鞍に長時間座っていることができなかったのです。

「うつけの信長ごとき、この楽な乗物に乗っても討ち取れるわ」

義元は、そう言って家臣たちを笑わせました。

行軍はのんびりしたもので、先鋒が掛川（かけがわ）に着陣した頃、義元の本隊はようやく藤枝の手前、岡部のあたりに入ります。

（若い頃、このあたりで兄の恵探と戦ったのだなあ）

義元は感慨深げに、輿の窓からあたりを見まわしました。

と、その時です。路の脇に立つ僧の姿が、彼の視界に飛び込んできたのです。

僧は笠も被らず、街道を歩いていく軍勢に向かって、ひたすら経を唱えています。

（珍しいな。禅宗の僧ではないか）

義元は、死んだ恵探にそっくりなその姿に、少し気味の悪いものを感じましたが、黙って輿を進めました。

しかし、五町（約五百五十メートル）ほど進んだところで、彼は眉をひそめます。

先程の怪しい僧が、再び路端に立っていたからです。

「輿の歩みをゆるめよ」

命じられた輿掻きたちは、歩幅をゆるめます。義元は窓の簾を大きく開けて、その僧を観察しようとしましたが、身を乗り出した刹那、その姿は煙のように消えました。

（あれは何だ）

義元が不安な気分で、再び輿を進めさせます。そして、藤枝の手前、里境を示す石塔の前で、またしてもその僧は姿を現したのでした。

（これは恵探の亡霊だ）

間違いない、と義元は思いました。

「輿を路の脇に止めよ。皆、下がれ」

彼は家来たちを遠ざけて、路上に立ちました。

「これは弟、承芳。久しぶりよな」

恵探の霊は、暗い顔で義元に言いました。

豪胆な義元は、言い返します。

「此度は、我らの尾張討ち入りを言祝ぐために化けて出たか」

「さにあらず」

恵探は、大きく首を横に振りました。

「此度、戦は汝に利あらず。兵を戻せと忠告せんがために、我、冥府より立ち戻りたり」

「東海の兵、二万五千をこぞっての出陣に、利がないとは」

義元は、お歯黒で染めた口を開いて笑いました。

恵探は、増々暗い顔になり、言い返します。

「汝は我の仇ゆえ、別に気にもかけぬが、名家今川氏が汝の死によって没落するのを見ておられぬゆえ、こうして物を申すのだ。聞き入れぬも、今川家の命運とあれば、是非もない」

こう言い終えると亡霊は、またしても姿を消してしまいました。

義元が呆然としていると、警護の侍どもがやって来て尋ねます。

「御気分がすぐれぬ御様子。輿に酔われましたか」

「おまえたちは、あれを見なんだか」

「はあ?」

義元の言葉に、侍たちは怪訝な面持ちで顔を見合わせるばかりです。どうやら彼らには、初めから恵探が見えないようでした。

輿は、その後、何事もなく藤枝、掛川、引馬(浜松)と泊まりを重ねます。

義元の本隊が尾張に侵入したのは五月十七日。

現地の織田軍と衝突したのは十九日の未明でした。

信長も出馬しますが、その兵力は最大二千ほどであったようです。ドラマや小説では彼が義元を奇襲したように描かれていますが、近年の研究では、彼は正面に見える義元の本軍を、ただ遮二無二攻めて、戦果を上げようとしただけのようです。

また、桶狭間山の背後から攻め下ったのではなく、斜面を這い上がっていったとされています。現実は、さほどにドラマチックではなかったのです。

今川軍の誤算は、二万以上の兵士たちが前線の広い範囲に分散していたこと。彼らが信長の行動を充分に摑みきれていなかったこと。そして織田軍突撃の直前に起きた十分程の集中豪雨でしょう。特に織田軍の接近を察知できなかったのは、最大の謎です。

義元とその旗本は信長勢の執拗な攻撃を受けて退避します。

ここで信長は、初めて正面の敵が義元であることを知るのです。

「(義元の)旗本は是(これ)なり。これへ懸かれ」(『信長公記』)と大声で命じると、自ら突撃しました。初め三百騎いた義元の護衛は、何度も攻撃を受けて百騎、五十騎と数を減らし、ついに彼も取り囲まれてしまいます。

義元は太刀を抜いて戦いますが、

「(織田方の)服部小平太、義元にかかりあい、膝の口を伐られ倒れ伏す。毛利新介、義元を伐り伏せ首をとる」

と、いう有様。一人を斬り伏せ、首を獲られる刹那、新介の指を食いちぎったといいますから、義元は勇猛な武将といえるでしょう。

玄広恵探の亡霊が予言した通り、彼の死によって今川家の家運は、坂道を転がるように衰えていくのです。

十、三好長慶と松永久秀が見たもの

応仁の乱以後、足利将軍家を操り、事実上の天下人となっていたのは、細川氏でした。

その細川家の領国、四国の阿波(徳島県)や都のある山城(京都府)周辺に勢力を伸ばしていたのが、家臣の三好元長です。

しかし、元長は、その行動があまりにも目に余る、と主筋の細川晴元に憎まれ、ある時、殺害されてしまいます。

元長の子、若き日の長慶は晴元の放った追手の眼を逃れ、各地を流浪。後に許されて細川家の家臣となりました。

長慶は父譲りの知恵と武勇を駆使して晴元のために働きましたが、その心底には恨みの心を抱き続けています。やがて晴元が分家筋の細川氏綱（うじつな）と争いを起こすと、たちまち裏切って晴元を近江に追放。十三代将軍足利義輝（よしてる）も手中にして、中央に「三好政権」を打ち立てました。

さらに経済の中心地である商業都市堺（さかい）を握り、京に近い河内（かわち）・大和・丹波の領主に親族を任ずるなど、支配力を強化します。

軍事の面でも銭の力で傭（やと）い兵を増やし、都近くの寺社勢力を手なずけ、持ち城の一部に石垣を用いるなど革新的なところを見せました。

こうした長慶を密（ひそ）かに研究していたのが織田家です。後に上洛した信長は、長慶をそっくり真似たかのような方法で京を支配しました。

そんな長慶ですが、知恵者なだけに精神的には弱い部分があり、跡継ぎとして期待していた息子や弟たちが相次いで死亡すると、気落ちして病の床につきます。

その頃のことです。長慶は久しぶりに気分が良い、と枕元に家臣たちを集め、雑談をしました。この折、長慶は、

「近頃、屋形（やかた）のまわりに奇妙なものが出まわるのを、汝（なんじ）らは知るか」

と、尋ねます。

「はて、存知ませず」

同朋（坊主姿の雑用係）の一人が答えると、長慶は小さく笑って、

「うかつなことだ。屋形の北の角にある古池より、小さき児が出ずることあり。また、かずき、して（上衣を頭に被って）女二人連れにて、あなたこなたすることがある」

あなたこなたする、とはあちこち行き来する、といった意味です。

「それは我らの知る者でありましょうか」

あまりの気味悪い話に、一人の侍がおびえて問うと、長慶はまた笑って、

「汝らは知るまい。わしとて、昨夜初めて見た者だ」

その時、寝所のまわりに「まさしく、あなたこなた歩きける影、壁に映りて見えければ」侍衆が不思議に思って部屋の隅々を探しまわりましたが、誰もいません。ただ影ばかり行き来するのが壁や唐紙に映るばかりであったということです。

この怪異があった直後、長慶は灯明の火が消えるようにそっと息をひきとりました。三好氏の家運は傾き、その実権は家臣、松永久秀の手に移っていくのです。

松永久秀は、三好家の家宰（家の取り仕切りをする家臣）でした。

主人長慶よりひとまわり年が上でしたから、永正七年（一五一〇）頃の生まれでしょう。しかし、その出自は謎に包まれています。京都西部の農村を支配する地侍の子。あるいは、都近

くの寺で修行する僧侶だった、という伝承もあります。が、今ひとつはっきりしません。ただ、文字に明るく、数字計算に巧みであったため、事務官として三好家では大変重宝されていたようです。

主人長慶が中央の権力を握った頃、京都妙覚寺(みょうかくじ)の使僧(しそう)が三好家を訪れました。その席上に久秀もいたのですが、使僧は彼を見るなり眉をひそめて弟子の僧に、

「三好家も大変な者を飼っている。あの凶相の者は、必ず主家(しゅけ)を亡(ほろ)ぼすだろう」

と言って早々退散したといいます。僧の予言通り、長慶が死ぬと久秀は、三好家の「三人衆」と呼ばれる重臣たちを味方に引き込み、主家を自在に動かし始めます。

さらには長慶の操り人形だった将軍足利義輝が、この機に乗じて自立しようとするのを許さず、三人衆とともに御所を襲い、殺害してしまいます。

その後、三人衆とも仲違いし、彼らが奈良東大寺に籠もると、寺に火を放って大仏殿を焼き払いました。現在、仁王像で知られる国宝南大門には、柱に無数の銃弾穴が開いていますが、これは当時の戦いの跡といいます。

こんな狂暴な久秀も、信長が京に上ってくると、

「強きになびくのも、戦国の慣(な)らいである」

と、表向きは素直に従いました。

信長は、この油断ならぬ老人を、大胆にも便利遣いしますが、ある時、来客の前に久秀を招いて、

「この老人は、世の人の成せぬことを三つまでしてのけた者でござる」

指折り数えて彼の悪事を語りました。

「ひとつ、主人の家を陥れ、ふたつ、天下の将軍を殺害。みっつには大仏を焼き溶かした、まったくたいした老人でござるよ」

主人の家を陥れ――とは、彼の主君長慶の疲弊死のきっかけとなった三好家跡継ぎの死が、当時久秀の手による毒殺とされていたことを指しています。

久秀は信長の言葉をしごく迷惑そうな表情で聞いていましたが、

(この尾張の成りあがりめが)

と腹を立て、大和国の居城に戻ると、密かに反乱の企みを練り始めます。

この時のこと。久秀は幻術師として名高い果心居士を居城の茶席に招きました。

反乱の計画立案に疲れた心を、僅かに癒やそうという思いだったのでしょうか。茶席の気安さから久秀も、この果心という怪人には心を許し、諸々の思いを語りました。

「わしは世間で大悪人と呼ばれている」

今さら何を言い出すのか、と果心は耳を傾けました。

「弾正忠（信長）が申す通り、わしは世人の成せぬことを、三つまでやってのけた。恐ろしいと思う心が欠けているのだ」

果心は、黙って聞いています。すると、

「一度で良い。世の人と同じ恐れの心を持ってみたいと思う。どうだろう」

久秀は真顔で言いました。

「おたわむれを」

果心は即座に答えます。

「あなた様は、もともと主家に対する忠義の心なく、神仏を畏れる心はさらになし。私がいくら幻術を用いて鬼物怪をお見せしようと、笑い飛ばすでしょう。無理な話でございます」

「いや、そこのところを、汝の技をもって」

その日の久秀は、なぜか、恐怖ということに固執しました。何度もそんなやりとりがあった後、流石の果心居士も根負けしたのか、

「では、御腰のもの（腰刀）を遠ざけ、灯を消してここを動かれませぬように」

言われるままに灯明の火を吹き消し、久秀は真っ暗な室内で息をひそめました。

しかし、何も起こりません。そのうち、果心居士は立ち上がります。濡れ縁に続く障子を開け、庭に出ていく気配です。

（わしに術がきかぬと知って恥ずかしくなったか）

そのうち、しとしとと、庭に雨の降る気配です。久秀が雨音に耳を傾けていると、部屋に再び黒い影が上がってきます。

（果心め、戻って参ったか）

人影は消えた灯明台の脇に座ると、静かに彼へ語りかけました。

「今宵はどうしたことでしょう。あなた様ともあろう御人（ごじん）が、御腰のものも外し、かような暗がりに一人……」

女性の声でした。刹那、久秀は、げっと声をあげてのけぞりました。

「おまえは！」

それは、死んだ前夫人の声でした。久秀の、現在の妻は三好長慶の娘ですが、それ以前、彼には苦労をともにした貴族出身の女性がおりました。病死した心根のやさしいその妻を、久秀は心から愛しており、ひと時も忘れたことがなかったといいます。

「か、果心。やめよ、やめよ」

と久秀は宙に向かって叫びました。

すると、灯明に火の入る気配があり、室内が明るくなりました。

死んだ前妻の座っていたとおぼしきあたりには、果心居士がいます。

「鬼が出るか蛇が出るかと身構えておれば、前妻とは」

久秀が苦笑いすると、果心居士は頬笑みながら答えます。

「人は予想外の物事に怖じるもの。殿も世の人と同じ、いや、世の人よりも幾分おやさしい心をお持ちのようでございますな」

久秀がこれにどう答えたか、物語には書かれていません。


久秀はその後、何度も信長に対して反乱と降伏を繰り返すようになります。

奇妙なことに信長は、そのたびに久秀を許し、その代償として彼が持つ天下の名器と呼ばれた茶器・名刀を取りあげていきました。

しかし、天正五年（一五七七）。久秀六十七歳の時、流れが変わります。大和国の居城を囲まれた久秀に信長は、

「汝が持つ茶釜の『平蜘蛛』を渡せば、命ばかりは助けよう」

と申し出ます。平蜘蛛の釜は、松永家に残った最後の名器でした。

「叛逆は戦国の慣らいだが、わしも老いた」

久秀は城の頂上から包囲の織田方に矢文を放ちます。そこには、

「平蜘蛛の釜と我が白髪首は、お目にかけるわけに参らぬ」

とありました。直後、彼は火薬に火をつけ、釜ごと爆死したのです。大和国の民衆は久秀の死んだ日が、かつて大仏殿の焼けた日と同じと知るや、

「悪党に仏罰があたったぞ」

大喜びします。市で笠を売って酒を買い、祝い合ったということです。

十一、福井城下の怪――柴田勝家

戦国時代の尾張は「弱兵」の地と呼ばれていました。甲斐武田氏の侍たちは、

「我が兵一人は、尾張兵五人に等し」

などと言って、馬鹿にしていました。

織田信長が、当時の最新兵器を次々に部下へ与え続けたのも、尾張兵の戦力を他の地域の人々と、同じレベルまで引きあげるための努力でした。

しかし、何事にも例外があります。それが、柴田勝家です。彼は織田家の家中で、

「かかれ柴田」

という渾名をもらっていました。敵を見れば即座に襲いかかる猛将という意味です。

しかし、この人は昔からの信長家臣団ではありません。尾張愛知郡上社村（名古屋市名東

区）の領主の子として生まれ、信長の父信秀に仕えた後、織田信行（のぶゆき）（信長の弟）の側について信長と戦い、桶狭間の戦いの前年、信長側に寝返ったとされています。

勝家が越前（えちぜん）八郡（ぐん）四十九万石の領主として同国北ノ庄（福井県福井市）に入城したのは、天正三年（一五七五）のことです。

信長がこの地に勝家を据えたのは、彼の武将としての強さと、土地の者から不当に税を取り立てぬ公正な態度に期待してのことでした。

勝家はさっそく北ノ庄に新城を築きました。城下町を発展させるために職人・商人を保護し、城に近い川に巨大な橋を架け、農民のためには米を量る枡の大きさを一定にしました。

信長が死ぬ前年、勝家のもとから安土に献上された品々は、

「馬の代銀一千両。黄金三百両、奉書紙（ほうしょがみ）千束、綿千把（ば）、絹五百疋（ぴき）、ロウソク千挺（ちょう）」

という莫大なものでした。完成した北ノ庄城も九層の天守閣を持ち、これは主君信長の安土城より大きかった、という説もあるくらいです。

しかし、本能寺の変の後、彼の人生は暗転します。

明智光秀を討ったライバル秀吉との対立から起こった賤ヶ岳（しずがたけ）の戦い。そこで敗れた彼は、天正十一年（一五八三）四月二十一日、北ノ庄に戻ります。

勝家を追って来た秀吉は、四月二十四日に城を囲みました。勝家は、妻で信長の妹お市（いち）の方（かた）と自害し、城には火が放たれます。

この時、大量の火薬に引火して、巨大な天守閣も大爆発を起こしました。城から十町（約一キロ）離れた秀吉の陣所にも瓦の破片が飛んだ、ということです。

こうして勝家は六十歳（一説には五十七歳、六十二歳とも）の生涯を閉じました。

その後、北ノ庄は勝家の元同僚で、賤ヶ岳の戦いでは秀吉側についた丹羽長秀（にわながひで）のものとなります。二年後に彼が死ぬと堀（ほり）家・青木（あおき）家と受け継がれて、関ヶ原の後、家康の次男、結城秀康（ゆうきひでやす）が入城しました。

秀康は北ノ庄を廃城にして、新たに福井城を築きますが、この頃から旧城北ノ庄の一帯に、怪奇現象が次々に起こり始めます。

満月の日、北ノ庄の本丸から移した鳩（はと）の門と呼ばれる城内の枡形（門の中にある四角い空間）に月が映る、というのです。そこはただの地面で、水も張っていませんから、月など映るわけはありません。しかも、この月を見た人は、その場で足が止まって、正気ではなくなるのです。

結城家に仕える小姓が夜中に通りかかってこの月を見、翌日、石垣に頭を打ちつけて死んだ、ということです。

この「幻の月」の噂が消え始めた頃、今度はもっと不気味な話が広まります。

毎年、北ノ庄が落城した四月二十四日に、怨みをのんで死んだ柴田家の軍勢が、福井の町を行軍する、というのです。しかも、その行列の武者たちは、全員首がない、というのですから恐ろしいことです。やがて、誰言うとなく、

「首なし武者行列を見てはならない。目にした者は、必ず死ぬ」

という噂が広がりました。関わり合いを恐れた福井城下の人々は、四月二十四日の夜に外出せず、家に戸を立てて、決して外を覗(のぞ)かぬよう申し合わせました。

ある年のこと、通りに面した家に住むお婆さんが、夜中厠(かわや)に立って、ふと、家の外の物音に気づきました。城外れの九十九橋(つくもばし)のあたりから、馬や人の発するざわめきが聞こえてくるのです。

少し寝呆けていた婆さんは、大事な言い伝えを忘れて、窓の外を覗いてしまいました。

すると、そこには、首のない鎧武者の行列が長々と続いていたのです。

「ひっ」

と、お婆さんは思わず声をあげてしまいました。その時、馬上の首なし武者が一騎、確かにこちらに上体を傾けたように見えました。お婆さんは寝床に転がり込むと、掛け物を被って念

仏を唱えました。

恐ろしさのあまり眠ることもできなかったお婆さんは、その朝、自分の見たことを家族に語ってしまったのです。

すると、その話が終わるか終わらないかのうちに、お婆さんの容体が変わりました。見る見るうちに顔色が青ざめ、がっと血を吐いて死んでしまったのです。

「柴田家の呪いは本当だったのだ」

福井の町の人々は震えあがりました。

この首なし武者行列の伝説は息が長く、江戸・明治・大正・昭和と続きます。戦後もしばらくは、旧暦の四月二十四日になると市内では早々と戸を閉ざし、街灯を消し、タクシーも通らぬ町になったということです。

その頃、少年向け雑誌の怪談コーナーに何度かイラスト入りでそれが紹介され、お化け好きの子供たちを怖がらせたものですが、終夜営業の店やコンビニが増え、町が明るくなりすぎた今は、町の人も首なし武者もどうしているのでしょうか。

この九十九橋に関わる怪談奇談はそのほかにも多く残されています。どうやらここは、一種の霊スポットであったようです。

これは、越前松平家が福井城を築いた頃の物語。

九十九橋の橋桁近くに、いつの頃からか大亀が現れ、船で通りかかる人を水中に引きずり込む、と噂が立ちました。

ある時、松平家中の某の源蔵（姓は不明）という武者が、家人一人を連れて橋を渡っていると、川面がにわかに盛りあがり、甲羅のようなものが現れました。

「あれが、近頃人を捕って食う、と噂の大亀でございます」

家人が恐れて源蔵の袖をひくと彼は、はったと大亀を睨みつけ、

「大坂の陣で、首獲り源蔵と異名をとったこの俺だ。大亀なんぞに怖じけたと聞こえれば、我が武名にも疵がつく」

見ておれ、とその場で衣服を脱ぎ、刀を口にくわえて川に飛び込みました。

そして格闘すること小半刻（約三十分）。見事、その大亀を殺したのです。

人を使って死骸を水中から引きあげ、さっそくに解体しました。

甲羅は城に献上し、肉は酒の肴にするよう言いつけて、剛胆にも源蔵は昼寝をします。

ようやく目覚めた彼が亀の肉を出すよう家人に命じると、

「旦那様が川の主を食えば、祟られると思い、捨てました」

と家人は言います。

「なんということをするか。亀の肉は不老長寿の妙薬だぞ」

気の短い源蔵は、その場で家人を手討ちにしてしまいました。

その家人は、長年源蔵の家に仕えた忠義者でしたから、源蔵の父母が怒り、彼を一室に閉じ込めてしまいます。

源蔵がそこで不貞寝(ふてね)していると深夜、枕元へ立つ者がありました。彼が薄目を開けると、その者は、歌をよみます。

暮れごとに問いましものをあすは川
あすの夜波(よなみ)のあだに寄るらん

よみ終えると、寝ている源蔵の頭を、ものすごい勢いで殴りつけました。彼は驚きと痛みで起きあがることもできません。

次の夜も、その変化は同時刻に現れて、

「暮れごとに……」

とよむと源蔵の頭を強く打ちます。これはたまらん、と三日目の晩、彼は固い木枕を用意して横になりました。

さて、その深夜、いつものように変化（へんげ）が歌をよみ始めると、源蔵は枕を外し、打ってくるものを、はしと受け止めました。驚いたことにその枕は粉微塵（こなみじん）に砕けたということです。

この話はすぐに松平侯の耳にも届きました。

「仇（あだ）と言うからには……」

と松平侯はしばし考えて、

「それは源蔵が殺した大亀の、妻の雌亀が恨みを含んで怪を成すのだろう」

自ら一首の返歌を短冊に書いて川に流すと、その後は源蔵の枕元に立つ者はいなくなったということです。

この松平侯とは、徳川家の一門にありながら常に幕府へ不満を持ち、粗暴の振る舞いが多かったという、越前宰相松平忠直（ただなお）のようです。世上の評判と異なり、この話ではずいぶん思慮深く家臣思いの殿様のように語られています。

こうした異類の仇討ち噺は、豊前安心院（あじむ）（大分県北部）の大スッポンの怪や、近江愛知川（えちがわ）（滋賀県東部）のオシドリ復讐話など、まったく同じ筋の物語が全国に残っています。

十二、正直な武人――加藤清正

加藤清正は、戦国武将の中でも特にエピソードの多い人ですが、それは死後に武神として祀られ、『清正記』『明良洪範』など、多くの書籍に彼の生涯が書き残されたからでしょう。

この人は、永禄五年（一五六二）頃、尾張国中村に生まれました。

豊臣秀吉とは双方の母がいとこ同士とも、また秀吉の母と清正の母が叔母・姪の間柄であったとも言われていますが、よくわかっていません。

三歳の頃に父を失い、初めは尾張津島の寺に預けられ、一時は大工の手伝いもしていたとされています。

この寺に暮らしていた時のことです。夜、土間で寝転がっていると、壁の向こうでひそひそと言い交わす声が聞こえてきます。

盗賊たちが寺の宝を狙っていると察した清正は、ちょうど祭りの用意に出してあった鬼の面を被り、竹の棒を手にして木箱の中に身をひそませます。賊がその箱を財宝と思い運び出そうとした刹那、大声を出して飛び出すと、逃げまどう盗賊どもを散々に叩いて追いまわし、ついに捕らえてしまったのです。

しかし寺では、清正を褒めるどころか、

「末おそろしい子供だ。ここには置いておけぬ」

と、追い出してしまいました。理不尽なものを感じた清正は、武士になることを決意します。幸い親戚の秀吉が織田家中で異例の出世を遂げている時でしたから、母とともに彼のもとへ出向き、城仕えの身となりました。これが十三歳の頃であったとされています。

十五の歳には近江長浜（滋賀県長浜市）付近で百七十石を賜り、秀吉の護衛を勤めますが、その時すでに身長は六尺三寸（約百九十センチ）という、当時としてはとてつもない巨体だったと伝えられています。

天正九年（一五八一）、秀吉が鳥取城の城攻めを開始した時、蜂須賀小六（はちすかころく）に物見（偵察）を命じました。この時秀吉は、戦の体験をさせるために清正を連れていくよう言い添えます。清正は城に近づくと小六に、

「どうもこの城の地形に、キナ臭さを感じます。足軽を二十人ほど連れていったほうが良くはないでしょうか」

と提案しました。しかし、野武士あがりで歴戦の勇士小六は、この小僧が、と馬鹿にしてそのままに出撃します。

が、はたして城の裏手にまわると、大勢の敵が待ち構えていました。

清正は少しもあわてず馬を寄せて敵を追い散らし、一人を討ち取りました。これが彼の初めての武功であったと記録されています。後に、秀吉が、

「なぜ敵が隠れていると事前に悟ったのか」

と問うと、清正は首をひねって、

「自分でもよくわかりません。ただ景色を見ていると、敵意の蟠（わだかま）っている場所は、黒くよどんでいるように感じるのです」

と答えました。秀吉は以後、各地の戦いでここぞという時は、戦場に清正を放って敵情を視察させたということです。

このように書いていくと、彼は若い頃から肝がすわっていたかのようですが、決してそうではなかったことが『甲子夜話』に記されています。

ある人が清正の武勇にあやかろうと、有名な賤ヶ岳七本槍の体験談をせがみます。彼は苦笑いして、

「自分が秀吉公に従って一番槍をした時は、初め恐ろしさで目の前が闇夜のごとく、よく前が見えなかった。坂の彼方に敵がいたらしいが、それも定かではない。目をつぶり、題目を唱えながら闇の中に走り込み、槍を突き出したところ、何か手応えがあって、敵を突き倒していた。そこでようやく敵味方の別がつくようになった。後で聞くと自分が一番槍と知ったのだ」

聞く人は鼻白んだといいますが、実際の合戦というものは全て、異常な恐怖心と勇気が混じり合ったところで行なわれるものです。こういう説明をするあたり、清正は真っ正直な人であったと思われます。

また、清正は朝鮮の役で虎を退治したことでも知られています。最近はあまり見かけませんが、自慢の片鎌槍を構えて虎と向かい合う清正の人形が、五月になるとよく飾られていたものです。

朝鮮半島の中部には、シベリアから下って来る大型の虎が出没し、山沿いの村々で被害が続出していました。清正の率いる軍勢がその中部に進駐した際も、水汲みに出た彼の小姓が、そうした虎の一匹に食い殺されてしまったのです。

怒った清正は愛用の、南無妙法蓮華経と御題目を彫った大鉄砲を持ち出して山狩りを行ない、見事にその虎を射殺しました。

槍ではなく鉄砲で虎退治をしたというのが本当のところのようです。

当時、虎の肉と脂は長寿の薬と信じられていました。清正はさっそく肉を塩漬けにして、秀吉に贈ったということです。

この鉄砲については、別の物語も残っています。

加藤家は、清正の息子忠広の代に改易されてなくなりますが、彼の所有であった膨大な数の武具類は、その武勇にあやかろうと、各地の大名家が争って引き取りました。

有名な烏帽子形の兜と槍は、尾張徳川家に嫁入りした娘の手で名古屋城に入り、例の大鉄砲は、江戸時代に再建された大坂城の武器庫に納められました。

武器庫の武具類は、毎年夏に虫干しをする習わしです。安永年間（一七七二―八一）、越後糸魚川藩が大坂加番（城番役）であった頃、そこの人足が城の櫓から大鉄砲の運び出しを命じられて、

「なんて重いもんが世の中にあるのだ」

と、ぶつぶつ文句を言いました。

「こんなもの担がされては肩が痛くてたまらねえ。だいたい人を殺す道具に、御題目を彫るってえのはどういう了見だ」

清正は大馬鹿者だ、と言った直後、その人足はなぜか暴れ始めました。

何事だろう、と城の者が集まって来ると人足は重々しい声で、

「人足の分際でわしの悪口を申すとは無礼千万である」

と、手足を振りまわし、なんとも手がつけられません。

そこに藩の重役が上下姿でやって来て、

「無知な人足の申したことでございます。どうぞ御容赦下さいますように」

と平伏すると、その人足は背筋を伸ばして、

「まことにけしからん話だが、主人がそこまで詫びるなら許してつかわそう。以後、気をつけるように」

と言ったかと思うと、うーんと唸って気を失いました。

後で何を聞いても人足は覚えておらず、不思議なことだ、と当時城の大番役だった石川某が、『耳袋』の著者に語っています。

第二章
戦国時代の京の怪

平安以来、日本一の大都会を誇った京都の町。

それが大きく変わったのは、室町時代に起きた応仁・文明の乱によってでした。出来た頃には、南北約五・二キロメートル、東西約四・五キロメートルの巨大な長方形をした都市でしたが、数々の戦火で焼け落ち、戦国時代半ばともなると、町は十分の一ほどのサイズに縮小してしまいます。

しかも時代が下るにつれてこの町は、北の上京（かみぎょう）と南の下京（しもぎょう）に分かれ、室町通という一本の道路がふたつの町をつなぐ、という、実に奇怪な形に変わっていくのです。

この頃、諸国の大名家を渡り歩いていた連歌師の宗長（そうちょう）が書き残した日記には、

「京を見わたしはべれば、上下の家、むかしの十が一もなし（中略）大裏（だいり）は五月（さつき）の麦の中、あさましとも、申すにあまりあるべし」

（京を見渡してみると、上京下京の家並は、昔の十分の一もない。天皇のお住まいも刈り入れ前の麦畑の中に見え隠れして、情けないという言葉さえ出ない）

と、あります。人が減って町の家並を保つことができず、御所のまわりさえ田畑に変わっていたというのです。

大乱の後、室町将軍家は、京兆家（けいちょうけ）（京都を管理する職、ここでは管領の細川政元（まさもと））に京の復興を命じますが、なかなかうまくはいきません。

都の周辺では、依然として合戦が続き、盗賊や一揆騒ぎが収まらなかったのです。町民たちは囲い・構えと呼ばれる堀や塀を町ごとに巡らせて自衛し、ついには町同士で争いを起こすまでになりました。

天文十九年（一五五〇）というと、「鉄砲伝来」から七年後のことですが、この年、下京の二条室町と押小路三条坊門（おしこうじさんじょうぼうもん）の町民が大喧嘩（おおげんか）をしました。昼頃から午後四時頃まで互いに仲間を呼び合い、武具をまとって矢を放ち、百人ほどの怪我人が出たということです。

これはもう、合戦と言って良いでしょう。

こんな風に町も人の心も荒れたところに、怪異は寄り憑（つ）きます。

もともと、この京という土地は古くから不思議な出来事が多いことで知られていましたが、戦乱が激しくなるにつれて、それを呼び水としたかのように、妖怪たちは堰（せき）を切って都の闇に踊り出ました。

ちょうど時を同じくして、この頃から『御伽草子』と呼ばれる童話風の小説が、大流行（おおはや）りします。多くが女性や子供向けの絵入り物語です。京の扇絵職人や南都（なんと）（奈良）の絵札職人が挿し絵を描きました。俗に「奈良絵（ならえ）」などという、あまり上品ではないこれらの絵本によって、文字や言葉だけで語り継がれてきた妖怪たちに、初めて姿や形が与えられたのです。

まずは、そうした絵本に登場する、あまり怖くはない「器物の怪」について御紹介しましょう。

一、杓子（しゃくし）の怪と耳長の法師

室町末に出た『化物草子』という作者不明の絵巻には、

「京の九条辺（わたり）に住む女」

という者が登場します。下京からずっと南へ下った郊外に一人さびしく住む女です。一夜（ひとや）、ともに夕食をとる人もなく、隣家からもらった勝栗（かちぐり）（干し栗）を、ぼそぼそとかじっていると、囲炉裏の中から小さな手が出て来て、掌（てのひら）を閉じたり開いたりします。どうやらその栗を、「おくれ、おくれ」しているらしいのです。

女は初めびっくりしましたが、その手の可愛らしさに、つい、ひとつ乗せてやりました。手は栗を握って、すっと引っこみましたが、しばらくするとまた出てきて、おくれ、おくれをします。

これを何度か繰り返すうち、ついに手元の栗はなくなってしまいました。女は、もうその可愛い手の動きが見えないことを残念に思いましたが、その夜は寝てしまいます。

翌朝、これはどうなっているのだろうと、囲炉裏の裏をさぐってみると、小さな白い杓子（しゃくし）と、あげたはずの栗が出てきたということです。

京の北部にはこんな話もありました。

洛北大原（らくほくおおはら）の近くに暮らす老いた尼僧（にそう）の庵（いおり）で、ある晩、人を呼ぶ声が聞こえます。はて、このあたりにはほかに誰も住んでいないはずだが、と不審に思いました。が、柴を刈りに来た里人たちが道に迷ったのだろう、と尼は放っておきました。

しかし、それから毎晩、決まった時刻に人を呼ぶ声がするのです。

これはきっと、京でひと稼ぎする盗賊どもが、人集めしているに違いない。かかわり合いにならぬようさっさと寝てしまえ、と尼は寝床へ入りました。

すると、そこでも声がするのです。どうやらそれは、庵の外ではなく、室内から聞こえてくる気配でした。

よく耳を澄ませていると、部屋の隅の竈（かまど）の下から、

「おおい、息長（おきなが）よう」

と呼びかける声がします。

「どうしてこちらに来ないのだ。近頃、冷たいじゃないか」

すると、尼が頭を乗せている木枕が、

「岩根（いわね）よう。今、俺は使われているのだ。おまえのほうからこっちに来（こ）う」

と言います。

尼が翌朝、竈の下を探ってみると、古い杓子が出てきました。尼はその杓子と木枕を焼き捨てました。それらは火をつけると、人の髪の毛を焼くような臭いがした、ということです。

杓子は人間の日常生活に利用されることの多い道具でした。それは主に食事の時ですが、古くは、神仏へ祈りを捧げる時にも用いました。

囲炉裏の上へ、鍋など掛ける自在鉤(じざいかぎ)に差して火除けのまじないに。また、難産の時、赤ン坊が早く生まれてくるように、家族がその魂を杓子で招くことも行なわれました。奈良春日大社(かすがたいしゃ)若宮(わかみや)に祀(まつ)られている大黒天に供えられた杓子は、家に持ち帰って子供の名と歳を書き、家の入口に置きます。これは夜泣き封じのためで、治ると新しい杓子を添えてお返しするといいます。


化けるのは杓子ばかりではありません。

京の一条烏丸(からすま)、つまり一条大路と烏丸小路の交わるあたりに、土倉(どそう)が住んでいました。

土倉は当時の金貸しです。その家はずいぶんな物持ちでしたから、大勢の手伝い女を傭(やと)っていました。

その女たちを目当てに寄ってくる柄の悪い若い衆も多く、これが土倉の頭痛のタネでした。

「今日から、おまえたちは二階家(にかいや)に、かたまって暮らせ」

土倉は、家の中でいちばん安全な建物の二階に女たちの寝所を作りました。

ところが、しばらくすると、怪異が起こります。深夜、ふと目をさました一人の女が、何気なく窓の外を見ると、人の気配がします。ちょうど月の光が窓の格子を照らし出していました。そこに、耳の大きな法師が、にゅっと顔を突き出し、室内を覗(のぞ)き込んでいるのです。

「あれ、まあ」

女はあわてて寝ている仲間を揺り起こし、窓辺を探しましたが、人の姿はありません。

「ここは二階家で、外に足をかけて登るところもない」

おまえは寝呆けていたのだろう、人騒がせな、と女は皆に叱られました。

しかし、次の晩も同じ刻限になると、同じ耳長の法師が窓から覗くのです。

女は我慢しきれず、土倉に相談しました。

「法師風情が、女を覗くとは許せぬ」

土倉は二階に梯子(はしご)をかけて、足場を調べます。すると、格子へ打たれた金具に、古びて腐りかけた耳つき(把手(とって)つき)の銅壺(どうこ)が掛かっていました。

法師の正体はこれだな、と土倉は銅壺を取り外して、叩き割りました。以来、覗きの怪は絶えたということです。

壺や甕(かめ)は、酒などを入れて神に捧げる容器でしたから、古くなった銅の壺にも容易に妖力が籠もり、人のような行動をとったのでしょう。

　密教には、人に取り憑くものを払う時、壺や筒といった口をふさぐことのできる入れ物を用意して、その邪気を封じ込める呪法がありました。容器はその後、川に流したり地中深くに埋めたりするのですが、そういう手順を知らぬ者が、二階窓の格子に、ひょいとこれを引っ掛けてしまったのかもしれません。

　この「壺封じ」のほかに、新しい井戸へ壺を入れる呪法もありました。水が澄んでよく涌くように、という願いを込める風習です。井戸が古くなって埋め戻す時は、必ずそれを取り出して霊抜きしないと、よくないことが起きるとされていました。

　先に、土倉の家に出た銅壺を把手つきと書きましたが、『化物草子』の絵をよく見ると、底が丸く首の長い「長頸壺」と呼ばれる異国の壺の形をしています。首の部分に大きく耳のような把手がふたつ突き出し、口のあたりもラッパのようです。

　これは、宮廷で矢を投げ入れて遊ぶ、投矢壺にも似ています。もしそうだとすると、戦乱で没落した貴族の家から転がり出た、可哀相な道具だったのかもしれません。

　こうした伝説のもとは、室町時代よりはるか昔にも存在しました。

　平安時代に成立した『今昔物語』には、醍醐天皇の頃（八九七―九三〇）、皇子重明親王の住まわれる東三条の御殿に、時折、子供のようなものが現れる怪異があった、とあります。

宮仕えの者が見張っていると、五位の装束をつけた、身の丈三尺（約九〇センチ）ほどの小さな老人です。捕らえようとすると、すばやく庭を駆けまわり、御殿の東のあたりで、ふっと消えます。

これが何度も繰り返されるので不思議に思った親王は、陰陽師を呼んで占わせました。

「これは古い銅の器の精でございます」

陰陽師――おそらく安倍晴明でしょう――は、はっきりと言い切りました。

「その器は、御殿の東南の隅に埋まっておりますが、別に危害を与えるものではありません」

さっそく雑色どもにその場所を掘らせてみると、銅製の大きな提子（筒状で把手と注ぎ口のついた薬罐）が出てきました。これをしかるべきところで処分すると、以後小さな五位は出てこなくなったそうです。

器物の怪は、室町時代に入ると「付喪神」という新たな名を得ました。『御伽草子』の中に、「付喪神の夜行すること」という話があります。

ある年の暮れ、煤払いで捨てられた古い器物が寄り合いを持ちました。

「長年働いてきた我々を、いともたやすく捨て去る恩知らずの人間ども。いざ、報復してくれん」

復讐してやろう、とそれぞれが妖怪と化して京の町にさまよい出る、というものです。いわゆる「百鬼夜行」ですが、夜行途中、誰かが唱える金光明最勝王経に驚き、逃げまどうところで話は終わります。

この金光明経（と短く言う時もあります）は、鎮護国家、最勝会などに唱えるものですが、当時の信心深い武士たちも、敵の調伏から己れを守るため、この経文を戦場に持ち出したりしていたようです。

平安時代には、突然現れて人をびっくりさせるだけの妖怪も、室町・戦国となると、人を取り殺そうと団体を組む、凶暴さを見せ始めます。これも、殺伐とした時代を反映してのことなのでしょうか。

二、弁慶石の不思議

石の怪も、器物の内に含んで良いでしょう。

京の石伝説で最も知られているのが「弁慶石」です。

享徳元年（一四五二）といえば、応仁の乱が起きる十五年前。奈良で大規模な土一揆が起き、世上が少しずつ混乱し始めた頃のことです。南禅寺のある僧の日記『臥雲日件録抜尤』十一月六日の条に、

「前の月の二十日頃、山科から弁慶石が送られてきた。南禅寺門前に置かれた」

と書かれています。この石は昔、義経の家来の武蔵坊弁慶が、奥州衣川の戦いで立ちながら死んだ時、その足元にあり、彼の念が籠もったとされていました。これがある時、人の夢枕に立って、

「京の五条橋に帰りたい」

と言い出したのです。五条橋は、主人の義経と弁慶が初めて出会った運命の場所ですが、当時その橋は大水で流れてしまい、鴨川には四条の仮橋か三条の大橋しかありません。何もないところへ戻りたいとは妙な話だ、と人々は思いましたが、言われるままに川の中にあった石を引き上げました。僧がその折の話を地元の人に手紙で尋ねると、

「いかなる霊力でしょう。水から石を取り出すと、川の水は三日間逆流しました」

ということでした。奥州から出た石は、人の手から人の手を伝って西へ向かい、数十日かけて、ようやく京の東、山科の里を通過しました。こうした「石送り」という行為は、当時よく行なわれていたようです。

日記を書いた僧は、門前に置かれた石を観察しています。縦横だいたい一尺七・八寸の紫色。何の理由か、同じ色の小石が三つつけられていたそうです。

その後、弁慶石はどうなったのでしょうか。国宝上杉本の『洛中洛外図屏風』には、三条

京極に、「べんけい石」という表示がなされています。男たちが、力比べで持ち上げるシーンが描かれていますが、どうやらそれが件の石のようです。

屏風が描かれた時期は、天文十六年（一五四七）頃という最新の研究結果が出ていますから、弁慶石は入洛から約百年後、五条の橋跡ではなく、三条あたりに収まっていたようです。これについては、江戸時代中期に成立した『山城名勝志』にも、

「奥州から京に上ってきた石は、生前に弁慶が愛していたものである。彼の死後、川の中にあったが、ある時『三条京極へ行きたい』と叫び始めた。石に近づいた者が皆、熱病にかかったので、人々はあわてて石送りをした。三条京極の地は弁慶が子供の頃住んでいた土地という。今、この石は同地、誓願寺の庭に移されている」

室町時代のそれと、少々由来が違っていますが、かなり細かく述べられています。

しかし現在、同じ三条の麩屋町角のビルの入口にひとつ。郊外、八瀬の天満宮鳥居脇にもひとつ。弁慶石を名乗るものが置かれているのです。前述の『名勝志』にも、

「ほかにも弁慶石を名乗る石はいくつかあり、どうしてそんなにあるのか、今ではわからない」

と同名の石が、昔から多く存在した不思議を伝えています。

ところで、石送りされたそれを庭に置いたとされる三条の誓願寺ですが、このお寺が現在の位置に移されたのは、天正十九年（一五九一）のことです。

秀吉が天下を統一した次の年。彼が朝鮮の役を開始する前の年にあたります。せっかく収まった戦火が、秀吉の我儘（わがまま）によって、再び（しかも異国で）燃え広がろうとする時、この曰くつきの怪石を寺にとり込んだのは、何か理由があってのことでしょうか。

ちなみに、この後に寺の住職となったのは、安楽庵策伝（あんらくあんさくでん）という僧です。織田家の重臣金森長近（かなもりながちか）の親族で、江戸初期に「落語（おとしばなし）」を始めた人とされています。

その縁あってのことなのでしょうか。現在は京都でもいちばんの繁華街となった新京極のしかも、ど真ン中にある誓願寺では毎年、怪談の会が催されています。

三、強欲な妻と火車

どうやら誓願寺の庭には、あの世に通じる出入口らしきものがあったようなのです。寺の歴代住職は、それを心得ていたらしく、折に触れては、異界に通じるワープ空間を、人々に説教しました。

『諸国百物語』にも、寺の庭に現れた怪が記されています。

西国巡礼をする者が、ある晩、寺の階（きざはし）で休んでいると、庭がやけに明るく輝いています。何か法要でもあるのだろうか、と覗（のぞ）いてみれば、なんと地獄の鬼どもが火のついた車（火車（かしゃ））を引いてくるではありませんか。

牛の頭や馬の頭をつけた裸体の鬼たちは、車に乗せた年の頃四十ぐらいの女を、叩いたり火で炙(あぶ)ったりします。それがしばらく続いた後、

「よおし、今夜はこのくらいで勘弁してやろう。明日の晩もこうしてくれるぞ」

鬼たちは女を火の車に乗せて、西の方(かた)に運んでいきます。巡礼者は、そっと後をつけました。

火車はそのまま四条堀川の通りを進みますが、不思議なことに、通行人とはまったく出会うことがありませんでした。

やがて火車は、一軒の大きな米屋に入ったかと見ると、ぱっと消えてしまいます。

次の日、巡礼者は、その米屋を訪ね、自分が見たままの光景を語りました。

「そうでございましたか」

店の主人は、大きくうなずいて家の内情を説明しました。

「我が妻は、四、五日前から急に床(とこ)へつき、夜ともなると『身が焼ける』と、わめき苦しむのです」

「鬼どもが火車で責めさいなむには、それなりのわけあってのことと思いますが」

「それ、そのこと」

米屋の主人は、恥ずかしながらと語りました。

「我が妻は、たいそう欲深く、米を量り売りする時、ふたつの枡を使い分けます」

米を買う時は大きい枡、売る時は小さい枡。余り米で大儲けしていました。

「それは商いの道にも添わぬことゆえ、止（や）めるよう言ったのですが聞き入れません。その罰を得て、生きながら地獄の責め苦を受けているのでしょう」

その後、強欲な妻は病が重くなって死に、米屋の主人は出家して、何処（いずこ）かに出ていきました。

米屋は跡を継ぐ者もなく絶えてしまったということです。


誓願寺には、こうした火車の話が、少しずつパターンを変えて数多く伝わっています。

『宿直草（とのいぐさ）』には、諸寺で賽銭（さいせん）泥棒を繰り返す女が、寺の庭で同じように鬼から責められる話が載っていますし、『上方（かみがた）地獄噺』には、寺から町に出ようとする火車へ、大胆にも声をかけた男の話が出てきます。

「おまえは怖さというものを知らんのか」

鬼のほうが驚いて、車をひきながら親切に答えてくれます。

「これから行くところは、この世で最も栄華を極めた者の住まいだ。今宵（こよい）悪業のタネ尽き、この車で地獄に運ばれるのだ」

と語るうちに、何やら華麗な城の門前に出ました。そこは大きな城でありながら、なぜか人の気配はなく、番兵も立っていません。

「ここでしばらく待っておれ。良いものを見せてやるほどに」

言われるままに、そこへ突っ立っていると、やがて赤々と炎を吹きあげた火車が戻ってきます。見れば車の中に、一人の小柄な老人が打ちしおれた姿で座っています。

「どうだ。普段なら、おまえごときが絶対に目にできぬ者だ。しかし、死んでしまえば皆同じことだ」

鬼は老人の襟首をつかんで男に見せると、さらば、と去っていきます。瞬間、男は目がくらみ、次に気づくと誓願寺の門前にしゃがんでいました。

後日、物識り(ものしり)の者に、自分が目にした城門の形を語って、何処(いずこ)の城か尋ねてみると、

「ああ、それは伏見(ふしみ)城だろう」

という答えです。

「では、火車に乗せられていたのは、豊太閤(ほうたいこう)(秀吉)であったか」

男は、大坂の豊臣家が滅びた後、ようやくこの話を人々に語りました。

慶長三年(一五九八)八月十八日、秀吉は六十二歳で生涯を終えています。死んだ場所はやはり伏見城で、通夜は営まれず、その晩のうちに柩(ひつぎ)は、京の東山に埋葬されました。

火車が出現したのは、その直前のことでしょう。

誓願寺以外にも、京には「地獄の口」と称される異空間の出入口がいくつかあることが知られています。

小野篁冥土通いの井戸で知られた六道珍皇寺、京都三大風葬地の蓮台野・化野・鳥辺山。死者と必ずすれ違う粟田口や一条戻り橋など、いずれも興味深い伝承が残っています。が、多くは平安時代、あるいは江戸時代以後の話で、戦国時代を中心とする本書の趣旨とは少々異なりますから、それは別の機会に御紹介したいと思います。

四、あの世に続く三本卒塔婆

地獄の口というものは、もちろん京都以外にも開いています。名高い越中立山（富山県）は、富士山・白山と並ぶ信仰の山ですが、古くから「立山の奥に地獄へ続く道あり」と言い伝えられてきました。

この地獄道が、京都の清水寺の、三本卒塔婆が立つ三年坂下にもつながっていた、という話も残っています。

応仁の乱、真っ最中の夏。京東洞院と高倉通の境に住む足軽が、伴の中間を連れて清水詣でに出かけました。この時代の足軽は、後世のそれと違って、金次第で敵味方どちらにも転ぶ徒歩の傭兵です。ずいぶん威張ったものでしたが、敵も多く、危うい存在でした。はたして、三年坂の三本卒塔婆が立っているあたりで商売仇が待ち構えていました。

彼らは畠山方の雑兵といいますから、足軽侍は細川方だったのでしょう。たちまち斬り合いとなり、主人も従者もその場で討ち死にしてしまいました。

死骸は家族が引き取り、侍が着ていた十徳だけを手元に残して葬ります。

それから半月ほど経った頃、信濃善光寺へお参りに行っていた近所の知人が戻ってきます。家人が、足軽侍の凄絶な闘死を口にすると、いや、それは妙だと言い出します。

「左様なはずはない。わしは善光寺に詣でた後、越中に足を伸ばし、立山の近くまで行ってきた。そこで、あのお侍に会っておるのや」

これは珍しいところで出会ったとしばし言葉を交わし、別れ際に、

「私がこのあたりにいたことを、家の者に伝えてくれ」

と言って、自分の着ていた十徳の左袖を千切って渡したというのです。

十徳というのは今の羽織の、原形のようなものです。袖が広く胸元に紐がつき、侍や僧侶が簡単な外出の時に着用します。

「それはいつの頃のことです」

家人が尋ねると、半月前。ちょうど足軽侍が死んだ頃合いの話でした。

知人がその片袖を持って足軽の家に行き、形見の十徳を出してもらうと、左袖がなく、託された袖と切り口が一致しました。そこにいる人々は皆大いに驚いたということです。

これは「死者再会譚」といい、同様なパターンの話はいくつか見受けられますが、応仁の乱の頃、という古い時代設定は珍しく、『奇異雑談集』にも「五条の足軽、京にて死するに越中にて人これに合う」という題で書かれています。

三年坂も、現在では外国人観光客や修学旅行の学生たちが必ず訪れる場所のひとつですが、かつて坂下に「立山の地獄とつながる三本卒塔婆」が立っていたことを知る人は、ほとんどいないでしょう。

五、鬼女の頼みを聞く

清水寺の三年坂下は、越中立山につながっていましたが、京にはもうひとつ、蓮台野というダークゾーンが存在します。

京の千本通を真っ直ぐに北へ上っていくと、紫野の南西に船岡山という小高い丘が、ぽっこり現れます。この山の西も、かつては巨大な墓所でした。通りの「千本」という名は、あたりに千本の卒塔婆が立てられていたから、とされています。

ここにあった上品（じょうぼん）蓮台寺は、応仁の乱で焼け、文禄年間、秀吉の治世に再興されましたが、ちょうどその頃のことでしょう。

寺の墓地の片隅で毎夜のように、

「こいやぁ、こいやぁ」

と甲高く人を呼ぶ声が聞こえます。

付近の人々は、その不気味さに肝を冷やして、墓地には足を向けません。

ところが、未だ戦国時代に片足を突っ込んでいるような時代です。度胸自慢の男たちがすぐに集まってきて、

「どうだ、あの声の主を見てみぬか」

と相談します。皆で籤（くじ）を引いて、当たった者が確かめに行くという趣向です。

当たりを引きあてたのは、武家屋敷に奉公する若者でした。皆に見送られて夜の闇に足を踏み入れると、間の悪いことに、しとしとと小雨まで降ってきました。

若者は刀の柄（つか）を反らせ、着物の裾を尻端（しりはしょ）折りして墓地に近づきました。そこは、両端にこんもりとした塚がふたつあり、真ン中に道が通っています。塚と塚の間は、およそ二町（約二百メートル）ほどでしょうか。

一方の塚の中から、腹に響くようなうめき声があがるので、若者はその場で耳を澄ませました。

と、急に塚のまわりが炎に包まれ、噂の通りに、

「こいやぁ、こいやぁ」

と招く声です。若者は答えて言いました。

「おまえは、何者か。いや、人ではあるまい。姿を現せ」

すると、塚の中から痩せこけて目ばかりギラギラと輝かせた中年の女が、すっと立ち現れたのです。

「呼んだのは妾（わらわ）や。あれなる塚の前まで、妾を連れて行ってたもれ」

見ると、向こうにあるもうひとつの塚も、炎に包まれています。

「どうすれば良いのだ」

「妾を背負って行ってくれれば良い」

若者は流石（さすが）に恐ろしくなりましたが、意を決して女を背に乗せ、二町の道を走り出しました。

そして炎の燃えさかる、もうひとつの塚の前に女を降ろしました。

「ここで待っておれ」

女は言い捨てて、塚の中に消えました。

それから人と人が罵り合う声、物を叩く音や悲鳴が聞こえ、塚が大きく揺らぎます。

若者はもう生きた心地もしませんでしたが、我慢して待ち続けていると、先の女が再び姿を現します。

見れば目も口も裂けて、見た目は鬼女そのもの。

「やれ、事は成った。妾をまた元の塚に戻してたもれ」

若者は躊躇(ちゅうちょ)しましたが、ここで逃げては後々、仲間から臆病者の誹(そし)りを受ける。何よりもこの鬼女に食い殺されるのが恐ろしくて、

「どうぞ」

と若者は背を向けて、鬼女を乗せました。また、二町の道を駆け戻りましたが、その距離の長かったこと。

ようやく元の塚に立つと、鬼女は最前の痩せた女の姿に戻りました。

「おまえさまは、まことに肝のすわったお人や。此度(こたび)は我が望みもかない、まことにうれしい。これは、礼じゃ」

そう言うと革袋を若者に手渡し、塚の中に消えていきました。

仲間のもとに戻った若者は、己が体験した一部始終を語ります。そして、鬼女からもらった袋の口を開けてみると、中には小粒金がぎっしりと詰まっていました。その後、

「あの塚の主は、一体誰なのだろう」

若者と仲間は、あちこち尋ねてまわりますが、一向にわかりません。ただ、話の流れから推察するに、ふたつの塚に葬られているのは、生前に恨み――おそらく男女問題――を抱き合った女性たちで、一方が若者のおかげで勝ちを制したのだ、と、仲間たちは語り合いました。

このように鬼や妖怪の頼みを聞いて得をする物語は、「妖異報恩譚」といい、少しずつパターンを変えながら各地に伝わっています。

京から少し離れた近江国瀬田（せた）（滋賀県大津市）にも、同様な話が残っています。

六、船に乗る疫病神

天正八年（一五八〇）といえば、信長の命を受けた秀吉が播州（兵庫県西南部）三木（みき）城を兵糧攻めで落とし、本願寺が信長と和睦（わぼく）して石山（大阪府）から退去した年です。

京ではその春、原因不明の病が流行して多数の死者が出ました。それが夏に入り、ようやく終息の兆しも見え始めた頃のこと。

瀬田川の河口にある渡し船の溜（た）まりに、一人の女が現れました。

武家に仕える侍女か、商家の女房といった雰囲気のおとなしげな女です。それが、

「草津のあたりまで行って下さいませぬか」

一人の船頭に声をかけました。瀬田の船溜まりから草津（滋賀県草津市）までは、船路でほぼ一刻（約二時間）。時刻は未の刻（午後二時頃）でしたが、まあ、夕刻までには戻って来られるだろうと、船頭は承諾しました。

瀬田の唐橋下を抜けて、近江八景のひとつ「矢橋帰帆」で知られた帰帆島を、右に漕ぎ進めば草津の市です。

しかし、瀬田とは目と鼻の位置にありながら、この日はなぜかなかなか行きつけません。琵琶湖の波が高くなり、そのうち雨まで降り始めました。

「お客人。雨避けの薦がこれにある。濡れぬよう、ひっ被っていなされ」

舳先に座っていた女に薦を渡すと、女は礼を言ってそれを頭から被りました。

そして少し経つと、疲れているのか船に酔ったか、船底へ横になるとそのまま寝入ってしまいました。

船頭は女の鼾が聞こえてくると、櫓を漕ぐ手を止めました。

女が上品そうなその見た目に似合わぬ、野太い男のような鼾をかいていたからです。

ふと、薦の方を見れば、人が寝ているような膨らみがありません。

妙だな、と思った船頭は薦をめくってみました。すると、そこにはいっぱいの蛇がからみ合っているのです。

「わっ」

と船頭は声をあげかけましたが、あることに思い当たって、自分の口を押さえました。

それから何事もなかったかのように櫓を漕ぎ続け、ようやく草津の船着き場に到着します。

不思議なことに、船が止まると船底の薦は再び人の形に膨らみ、女が姿を現しました。

「お世話をかけました。船賃はいかほど」

と問う女に、船頭はぶるぶると首を振り、

「左様なものはいりませぬ」

震え声で答えます。

「さては、我が正体を見ましたね」

女は小さく笑って言いました。

「おまえの察する通り、我は行疫神（ぎょうやくじん）じゃ。京での働きを終えて、これより草津の市でひと仕事をする。それより、ひと月ほどでまた別の場所へ移るつもりじゃ」

「へえ、おそろしいことで」

「おまえが船賃をとらぬゆえ、左様に行く先を教えるのじゃ。ゆめ、草津には近づくな」

そう言うと、船着き場の向こうへ消えていきました。

この直後、草津一帯では原因不明の病が流行し、その夏だけで七百余人もの死者を出したということです。

行疫神は別名を疫病神（やくびょうがみ）・蛇疫（じゃえき）とも言います。この神は季節ごとに諸国をさすらうとされ、医学の知識が乏しい時代、庶民は大いにこれを恐れました。

以上の物語は、天正年間に成立し、江戸中期に広まった『万世（ばんせ）百物語』によりますが、同書には、同じ疫神の仲間ながら、まったく異なる形態をとるものもいたことが記されています。

七、雨の中に出る女の影

永禄二年（一五五九）の秋は、長雨が続いたそうです。その頃、上京の裏築地町（うらついじちょう）を行く二人の男がいました。

商家の主人とその奉公人で、客に品物を届けた帰り道です。

客の家で借りた笠と蓑（みの）をまとい、二人は町の名の由来となった、崩れかけた築地塀の脇を、とぼとぼと歩いていきます。そこは、かつて足利将軍家の御所「室町殿（むろまちどの）」があった場所でした。

文明の乱で御所が焼けた後は、長らく放置され、中はびっしりと矢竹が生い茂って、昼にも物怪が出ると噂の場所です。

「雨がひときわ強うなった。急ごうぞ」

商家の主人は、足を速めます。

が、しかし、奉公人はなぜか、ぴたりと立ち止まってしまいました。

そこは築地の切れ目で、崩れた塀の境を柵で囲っているあたり。

「どうした」

主人は笠の滴を払いながら問いかけました。

「いえ、あそこに女が……何をしているのでしょう」

奉公人の指差す方を見れば、築地塀の脇に、何者かがうずくまっています。

「この雨の中、ずぶ濡れで」

「奇妙だな」

主人は暗くなり始めた塀脇に目を凝らします。

「おまえ、あれがなぜ女と言い切れるのか」

「……そう申せば」

奉公人は言葉を失います。言われてみると、女ではないようにも見えます。

二人とも異様な気分に襲われて、雨の中、じっと立ち尽くします。

すると、塀際の人影は、少しずつ形を崩していきました。

季節外れの蛍にも似た光の玉が、降りしきる雨へ溶け込むように飛び去ります。

二人は、はっと目を開きました。光が行ってしまった塀際には、もうあの「女のような影」は存在しません。

主人も奉公人も、あわててそこから逃げ出しました。

店に帰って翌日、二人は瘧(おこり)を煩(わずら)い、ひと月ほど床(とこ)についたということです。

「さては瘴癘(しょうれい)の気の、雨中に形容をなしたるならん」

物語は、こう締めくくられています。

瘧・瘴癘は、現代で言うマラリア性の熱病です。それが雨の中で自然に人の形に似せて現れたのだろう、というのです。

八、「その後」の本能寺に起きる怪異

京都本能寺は、信長が死んだ寺として誰もが知るところですが、現在、市内中京区にある本能寺は、元あった場所から北東約一キロの位置に再建されたものです。

この再建時の移動については、天下人になった秀吉の、京都改造計画に沿ったものと説明がなされていますが、別の説も伝えられています。

光秀の焼き討ちに懲りた寺側が、火避けの占いによって土地を選んだ説（火を避けるため、「能」を「䏻」の字に改めたそうです）。檀那衆（だんなしゅう）（寺の経済支援者）による反対説。また、土地に残る信長の怨霊を恐れた秀吉が無理やりに移動させた、などいろいろな物語が語られているのです。

中でも注目されるのは、最後の怨霊説でしょう。現在は本能寺の変の舞台として記念碑だけが残る元の地（現・中京区小川通蛸薬師元本能寺町）には、江戸時代に入っても、風の強い晩になると時折、大勢の人々が泣く声や刀を打ち合わせる音が聞こえた、と記録されています。ここは天正十年（一五八二）六月二日に死んだ武士たちの、恨みが深く残る土地だったようです。

ところが、奇妙なことには、移動先（下本能寺前町）の本能寺にもさまざまな怪異が残されているのです。

その中のひとつ、『諸国百物語』（延宝五年・一六七七年四月刊）に載せられた物語。

江戸の初め、本能寺に兄弟の僧が住んでいました。二人には医学の知識があり、請われるままに信者たちへ様々な治療を行なっていたのですが、ある日、寺の近くに住む七兵衛(しちびょうえ)という檀家に頼まれて、彼の女房を診察しました。

その女房は死病——おそらく結核の末期症状——で手のほどこし様もない有様でした。

「もはや末期(まつご)でござるゆえ」

兄の僧は治療を諦め、彼女の枕元で経をあげると、寺に引きあげました。しかし、何か胸騒ぎがして、次の日も七兵衛の家を訪ねます。

すると、どうしたことか、家の者は病の女房が寝ている部屋に近づこうとしません。

「なんと冷たい家族だろう」

と一人、病室に足を踏み入れた僧も、女房の姿を見て驚きました。

確かに彼女は床(とこ)の中にいましたが、その長い髪は宙に逆立ち、貌(かお)は朱を塗ったように真っ赤です。髪が立つ現象は当時「逆髪(さかがみ)」と言って、悪霊が取り憑(つ)いた印とされていました。僧は驚きつつ、そこは気丈に経をあげ、再び寺に戻ります。

女房が息を引き取った、と亭主七兵衛が伝えてきたのは三日後のことです。僧は寺に遺体を運んで懇ろに弔い、墓地に埋葬しました。

全ての葬儀が何事もなく済んだ晩。兄弟の僧は、障子一重(ひとえ)へだてて読書に勤(いそ)しみました。すると深夜、寺のまわりに妙な気配があり、ひたひたと人の歩きまわる音も聞こえてきます。

「兄者、どうやら盗人らしいぞ」

「心得たり」

兄弟は、その頃の僧にもよくある侍あがりの者でしたから、かねて用意の脇差を構えて身を低くしました。

庭からまわって来た足音の主は、縁側の障子に手をかける気配でしたが、内側の桟に掛け棒を置いてあるため、開けることができません。

しばらくがたがたと動かした後、諦めたのか裏へ行くようです。

兄弟の僧は脇差の柄に手をかけたまま、その行く方に耳を澄ませます。すると、にわかに台所のあたりから、

「あら、かなしや、かなしや」

という声が聞こえてきました。これは今の言葉に直せば、

「助けてくれえ」

という意味です。そこには日頃、寺で召し使っている下人がふたりほど寝泊まりしているはずでした。兄弟は、押っ取り刀で台所に走り、

「何があった」

と問います。二人の下人は汗だらけになり、腰を抜かしていましたが、

「さてさておそろしや」

一人の下人が震えながら言いました。

「そこの入口から七兵衛の内儀入って来て、『喉が乾くゆえ、水を飲ませよ』と言うのです」

埋葬したはずの女房が、現れたというではありませんか。

「それで、どうした」

「あまりに恐ろしく候ほどに……」

下人たちは震える指先で台所の水舟（水溜め）を指差しました。

「『それへ水があるほどに、好きなだけ飲め』と言いましたれば、内儀はかいげ（柄のついた小さな桶）を取ってごくごくと飲みましたが」

その直後、二人とも気絶してしまったために、女房がどこへ行ったのかわからない、と言います。

兄弟の僧が台所の流し口を見ると、確かに水の流れた後があり、かいげも投げ捨てられていた、ということです。

『諸国百物語』の作者は、「本能寺七兵衛が妻の幽霊の事」（巻一の十七）というこの話の末尾を、

「おそろしき事也」

と素っ気なく結んでいますが、単純な筋立だけに、逆にじわじわと怖さがこみあげてくる物

語です。

深読みすれば、当時の京の人々は本能寺がどこに移動しようと、そうした「呪い」はついてまわる、寺に取り憑いた信長の恨みはそれだけ深いのだ、と考えていたのかもしれません。

第三章

地方の奇譚三題

乱世は都を思わぬ姿に変えてしまいましたが、地方に住む人々から「京」へのあこがれの心を消し去ることはできませんでした。

地方の武士たちは、都の朝廷から下される（役にもたたない）官位や官職に一喜一憂し、商人は京の職人たちが作る洗練された商品を欲しがります。往還で悪さをする野盗でさえも己の力を誇る時、

「我は都鄙名誉（都でも田舎でも知られた）の悪党なり」

と唱えました。都会と田舎という観念はより強まり、主人公が都に上ることをテーマにした御伽話が語られる一方で、地方独特の怪談や奇談が盛んに作られていくようにもなるのです。

ここでは、その中でも少し変わった、少しSFじみた話を紹介します。

一、物言う川人形（三河）

物の本によれば三河の国名は、豊川・大屋川（乙川）・矢作川の三川が流れているから、と書かれています。

江戸時代、東海道の吉田宿（愛知県豊橋市）近くを流れる豊川には、全長百二十間（約二百十六メートル）の大きな橋が架かり、街道筋の名物になっていたそうです。

戦国時代には、もちろんそんな立派な橋は存在しません。川の岸辺に吉田湊と呼ばれる船町があり、遠く三河湾・伊勢湾を抜けて伊勢の白子まで船便が通っていました。

伝承によれば、この地の船主たちは、信長によって滅ぼされた近江浅井家の遺臣団八十四家の血をひく者たち、とされています。

この八十四家は、地元吉田城の廻米を扱い、船便を用いる人々から上前銭（利用税）も取り立てるなど、一時は大いに幅をきかせていましたが、東海道の物の流通が盛んになるにつれて、幕府は船主たちの特権を制限する方針に転換し、この地の繁栄は一気に失われたといいます。

その船主八十四家が、まだ落武者であった頃の物語です。

彼らが生活の糧を得るために湿地へ杭を打ち、桟橋などを作っていると、川の上流から妙なものが流れてきました。

それは、両手で持ちあげることができるくらいの、小さな木の船でした。

「子供の玩具にしては、手間のかかったつくりだな」

皆で持って帰って、調べることにしました。船の真ン中には箱型の屋形があり、その扉を開けると、中には三寸（約九センチ）ほどの人形が収まっています。

「土で出来ているようだが、三月の雛人形には見えぬ。まがまがしいつくりじゃなあ」

作事小屋の囲炉裏脇に船ごと置いて、人々が語り合っていると、その船の中からもごもごと、小さな声が聞こえてきます。

聞き耳をたてた一人が、まさかと思いつつ扉を開けて人形を取り出しました。

なんとその人形がしゃべっているのです。

「岸から三本目の杭は縄が切れかかっているぞ。掛け板が水に流されてしまうぞ」

人々が岸辺に駆けていくと、本当に桟橋が波にさらわれそうになっていました。

応急修理を終えて皆が小屋に戻ると、また人形が言いました。

「明日は今橋(いまはし)の御城主様が、船溜(ふなだ)まりを御検視(ごけんし)に参られるぞ。頭立(かしらだ)つ者は、のし目のついた素袍(すおう)を用意しておけ」

素袍は一種の礼服です。その当時、吉田城は今橋城と呼ばれ、家康の重臣で知恵者の酒井忠(さかいただ)次(つぐ)が城主でした。

「抜きうちの検視か。それは用意せねば」

男たちは、このような時のために、と手放さずにおいた素袍・烏帽子を揃えて朝を待ちました。

早朝、お忍びの体(てい)で船溜まりに現れた酒井忠次は、礼服姿で岸辺に平伏する人々を見て驚き、そして感動します。

「流石(さすが)は浅井家の御牢人衆(ごろうにんしゅう)だ。作事人夫に身を落としても、かほどに油断なく暮らしておるとは」

八十四家の人々が、酒井家から数々の特権を得たのは、この時の縁によってでした。

さて、その後も、人形の「予言」は止むことがありません。

人々は毎晩、人形と船に酒や米を捧げて祈りました。

「明日は、一体いかなる事が起きましょうや」

すると人形は重々しく、

「明日は、かような事が出来(しゅったい)いたす。誰それに用事があって、こういう者がやって来る。誰それが他所(よそ)へ移るだろう」

などと答えます。しかし、良い予言ばかりではありません。

「某(なにがし)は病で高熱を出すぞ。誰それは、高いところから落ちて首の骨を折るであろう」

恐ろしい言葉も口にし、それが必ず当たりました。初めおもしろがっていた人々も、だんだん薄気味悪く感じ始めます。

「あの人形をどう扱ったものか」

困り果てた作事頭は、今橋城下に住む法力自在の老法師に相談します。

「おまえさんたちは近江の者ゆえ、土地の事情に疎く、左様な品を拾うたのだろうが……」

老法師は顔をしかめました。

「……豊川の上流には外法使い（魔術師）が大勢住んでいる。そのうちの誰かが流したものに違いない。ここらの者なら皆わかっていて、そんな恐ろしい品には手も触れぬ」

災難が広がらぬうちに早く流せ、と言います。

頭は老法師の教えのままに、船と人形を河口から海に流しました。

「惜しいことだ。あれがあれば、ずいぶん先々まで読めたのに」

と言う者もいましたが、以後、吉田の川湊には平穏な日々が続いたということです。

二、どんどん増えていく化け物（信濃）

信濃国（長野県）は戦国時代、甲斐の武田氏に攻め取られますが、それ以前は村上氏を始めとする土地の武士団が覇を競っていました。

その中の一人、某という兵法（武芸）自慢の頭領が、ある晩、屋敷中の侍たちをひと所に集めて、こう言いました。

「我が領地の内なる浅間の社には、近頃化け物が住みつくと聞く。我、この地の領主でありながら、その正体を見極めずにいるのは、いかにも口惜しいことだ。そこで今宵、その社に出向いてみようと思う」

浅間の社と名のつく神社は、現在も長野県内にいくつか残っていますが、某の言う社は、避暑地として知られている軽井沢の、追分(おいわけ)にある浅間神社ではないかと思われます。なぜならこは、古く「鬼神堂(きじんどう)」などと呼ばれていたからです。

某の話を聞いた武芸自慢の侍たちは、我も我もと伴(とも)を志願しました。しかし、某は、

「これは我が兵法の力を試さんとして行くのだ。もし後に強いて付き従おうとする者あらば、ただちに切腹申しつける」

皆を脅すと刀を選びました。太刀は刃渡り二尺七寸の正宗。脇差は一尺七寸の吉光(よしみつ)。いずれも名刀です。この他に用心として、無銘ながら切れ味鋭い鎧通(よろいどお)し（短刀）を懐に収め、五人持ちと称された重い鉄(くろがね)の棒を杖にして、某は出発します。

頃は旧暦の八月頃ですから、秋たけなわ。青々とした月の光が山道を照らす中、ほどなく彼は浅間の社に到着します。

拝殿の階(きざはし)に腰を下ろし、さあ化け物よ、どこからでもかかって来いと待ち構えるうち、麓のほうから何者かが昇って来る気配です。

見れば白い帷子(かたびら)を着た、年の頃十七、八の美しい娘。彼女は一人の幼児を抱きかかえていました。

娘は某が一人座っているのを見て、

「さて、うれしいこと。今宵はこの社に籠もって、さびしく祈ろうと思っておりましたが、良き話相手のおわしますことよ」

　と鈴を鳴らすような声で言います。

　油断するまい、これこそ化け物、と某は身構えます。すると娘は幼児に向かって、

「麓からおまえを抱いてきたので、ずいぶん草臥（くたび）れました。おまえ、あの殿に少し抱かれてきなさい」

　と言うと、足元にその子を降ろしました。

　幼児は、ぱたぱたと走り出て、某の座っている階に這い上がろうとします。

　某が杖代わりの棒を振りあげ、幼児の頭をトンと打つと、その子は泣きもせず、娘のもとに駆け戻りました。しかし娘は、

「抱かれなさい、抱かれなさい」

　幼児を追い返します。そのたびに某は子を叩き、幼児は娘のもとに走り戻る。これが五、六度に及ぶと、五人持ちという鉄の棒が打ち曲がってしまいました。

　呆れた某は、棒を捨てると、腰の太刀を抜き、大きく振り下ろします。さしもの固い幼児も真っ二つに切り割られました。

「流石（さすが）は正宗の鍛（きた）えし業物（わざもの）」

某がほっとするのもつかの間、幼児は切り離された片身に目鼻がつき、手足が生えて二人になります。

某があわててその二人を切れば、またしても切り口から肉がついて二つ身になるという具合。切っても切っても追いつかず、最後には二、三百ほどの数に増えた幼児で、社前は埋まってしまいました。

これがまた、某に抱かれようと我先に這い上がってくるのですから、たまりません。見ていた娘も、

「今は我もそちらに参らん」

などと言います。

某が絶望的な気分のまま太刀を構えていると、ふと自分の背後が急に寒々しく、身の毛がよだちます。

直後、社の後ろで大きな石を落としたような音が響きました。あわてて振り返れば、身の丈数丈（一丈は約三メートル）の鬼が、某の身体を摑もうと腕を伸ばしてきます。

すでに太刀を振る間合いではない、と悟った某は、懐に入れた鎧通しを抜くと、鬼の腕元に飛び込みます。そして、ザクリザクリと三度刺し、さらに止めを刺そうとしましたが、そこで力が尽き、気を失ってしまいました。

一方、屋敷に残された侍たちは、主人の身が案じられてなりません。

「殿は、ああ申されたが、黙って座っているのは家臣としてどうであろう」

皆で申し合わせて明け方近く、浅間の社に駆けつけました。

すると、そこには、大きな石塔に寄りかかっている主人の姿。

某は脇差を逆手に持ち、鎧通しを石塔の九輪（くりん）（先端の輪型に彫った部分）に突き通したまま気絶しているのです。

侍たちがあわてて介抱すると、彼はすぐに息を吹き返し、昨夜の怪異を語りました。

「殿の一念で、鎧通しが石塔を貫いたのだ。何としても化け物に一刀（ひとかたな）、と思われたのだろう」

家来の侍たちは、主人の武勇を讃えましたが、肝心の化け物の正体は不明のままに終わったということです。


さて、この物語でいちばん恐ろしいのは、身の丈数丈の鬼ではありません。切っても切っても止むことなく這い寄って来る幼児型の変化（へんげ）でしょう。

分裂しつつ神社の境内を埋め尽くすその姿は、まるで切断増殖する扁形動物プラナリアのようでもあり、またCG動画で描かれた分身の術のようです。

戦国時代の怪奇譚の中でも、最も秀逸で近未来的なこのストーリーが、私（筆者）は大好きです。

三、名医の曲直瀬道三、脈をとる話（駿河）

人に祟る妖怪ばかり書いて、人のためになる者の話を書かないのは不公平ですから、ここではお医者さんの奇譚もひとつ御紹介しておきましょう。

曲直瀬道三は安土桃山時代、京の名医としてその名を知られていました。

道三は世襲の名です。初代の道三正盛（正慶）は、戦国大名の間を点々とし、最後は秀吉の侍医に収まりました。

この人は、朝鮮の役（文禄の役）が起きて三年目、文禄三年（一五九四）に世を去っています。

二代目の道三玄朔は、徳川家に仕えて江戸に住みました。当時の医師が玄庵、玄達など「玄」の字を名前に用いるのは、この人から始まったとされています。

しかし、道三名の医師で、最も逸聞が多いのは、三代目の道三玄鑑でしょう。玄鑑は通称を「今大路」と称し、典薬寮御医――御殿医の地位にまで昇りました。

この人は、ある時、釜の底にこびりついた焦げ飯を湯に溶かして飲む老人たちが皆、長生きであることを知ります。

それがなぜなのか調査をした結果、その焦げ湯に消化作用があることを発見。適度の塩を混ぜて、当時としては画期的な消化薬を開発しました。

江戸の者は、これを「道三湯」と呼び、それが転じて湯屋（風呂屋）の名前にもなって大流行りしたそうです。

さて、この曲直瀬家には、代々伝わる変わった特技がありました。それは脈による「予知能力」です。

何代目かの道三がまだ諸国を巡っている時のことです。駿河国興津（静岡市清水区）近くを通り、海辺の村で一泊しました。

宿に入って道三は、奇妙なことに気づきます。宿の主人や下働き、女中に至るまで、皆顔色が良くないのです。

（これは死相ではないか）

しかしよく見ると、人々は暗い顔をしているものの、ほかは何事もなくてきぱきと宿の仕事をこなしています。

「御亭主、ここにいる者の脈をとりたい」

宿の主人以下、全ての脈をとると、驚くべきことに全て「死脈」です。

（おかしい）

道三は宿を飛び出しました。目の前にある漁師の家を片端から訪ねては脈をとりますが、ここでも誰もが血気に衰えあることを知りました。

「こんなに大勢の者が死脈とは有り得ぬことだ。これは土地に問題があるのだろう」

道三は、海を眺めてはたと膝を打ちます。

急いで宿に戻ると、人を集めて、

「ここに大津波が来る。死脈はその前兆だ」

逃げよ、と言います。人々は半信半疑ながら、名高い名医が言うのだからと山へ避難を開始しました。はたしてその晩、津波が宿場を襲ったということです。


この話は『耳袋』その他の説話集にも残ります。道三好きな江戸っ子は後に、

「波を打つ脈で逃げたは名医なり」「こころえぬ脈だと家内みなよばれ」

などという川柳を作って彼を称えたということです。

さて、道三の脈とりには、津波の予知ほどではありませんが、もうひとつ見落とせぬ診断話が残っています。

慶長十年（一六〇五）四月、家康の子秀忠が、征夷大将軍に任じられました。

この時、大坂にあって豊臣氏を実質的に動かしていたのは秀頼（ひでより）の母「おふくろさま」こと、

淀の方です。

　彼女は着々と天下に地盤を固めていく徳川氏に強い敵意を抱き続けていましたが、その焦りからか、些細なことで感情を爆発させたり、ついには引きつけ（全身痙攣）を起こしたりしました。

　ちょうど、道三が京の実家に里帰りしている頃です。

「どうだろう、天下の名医に診察してもらうというのは」

と提案したのは、豊臣家の家老片桐且元でした。ところがこれに淀君の側近大野治長が猛反対しました。

「道三は、今や徳川家の禄を食んでいる。おふくろさまの身に触れさせて何事かあれば、誰がその責を負うというのか」

　皆は城内で連日、論争を繰り返しますが、結論は出ません。しかし、淀の方の病が進んでいることは確かです。反対派の大野もついには妥協し、

「道三には登城しておふくろさまの脈をとってもらう。ただし、糸脈である」

としました。

　糸脈は高貴な姫君などが用いる脈のとり方です。手首に糸を巻いて長く伸ばし、その端を別室に控えた医師が握るというもので、実際にそんなことで脈などはかれるはずはないのです。

しかし道三は承諾し、大坂城に上がりました。

診察の場は淀の方の寝所ではなく、大広間でした。部屋の武者隠しには大勢の気配があり、広間の中央には幾重にも屛風が立てまわされています。

その屛風の間から一本の赤い紐が出ていました。紐の一方は、淀の方の手首に結ばれているようです。

道三は屛風の端ににじり寄り、紐を手にしました。それから傍らにひかえた女孺（小間使いの少女）に、頭痛の有無や、立ちくらみの回数を尋ねます。

女孺が質問を屛風の中の主人に伝え、答えを口頭で返してきました。

道三は、すでに淀の方の治療法まで考えて、この日に臨んでいます。問診は、単なる確認にすぎません。

（この御人は、世に言う癇癪持ちだ。それもかなりひどい）

淀の方の母親は、信長の妹お市の方です。信長も世に知られた癇症でした。淀の方はその織田方の血を色濃くひき、精神や肉体に病的な興奮状態を起こしやすい体質、と道三は読みました。

「お方さま（淀の方）は、まずお気を鎮められること。朝は庭などをお拾い（散歩）なされ、夜は早くにお休みあそばされること。時には気晴らしに、お城へ『ややこ踊り』の者などお招きあるのが、よろしかろうと存じます」

道三の言う「ややこ踊り」とは、その二年前、京の五条河原で大評判をとった出雲国（島根県）出身の踊り子阿国の歌舞伎踊りを指します。

大坂城の関係者は、彼の処方に目を剝きますが、怪しげな薬を出されるよりましだろうと、彼の言う通りにします。

以来、淀の方の体調は日を追って回復し、城中には再び笑い声が響くようになりました。

「まさに名医である」

淀の方の病回復を喜んだのは、意外にも「敵方」、駿府の家康でした。

その二年前、孫娘の千姫を豊臣秀頼の嫁にやった彼は、千姫の義母にあたる淀の方が、怒りにかられて彼女に何をするのか、非常に恐れていました。

しかし、千姫の身を案じてだけのことではありません。大坂方との合戦を数年先（実際にはそれより九年後）と見て計画を立てていた家康としては、今ここでの両者手切れは時期尚早と考えていたのです。

淀の方の不安定な精神は、それほどに天下を揺るがす大事件なのでした。

第四章
旅する人の怪談

昔の人は、「旅は憂いもの」と言いました。

江戸時代以前の街道は、畿内と呼ばれた都の周辺以外、さほどに整備されておらず、宿泊施設も貧弱なものです。しかも戦国乱世となれば、道筋には盗賊が多く出没しました。ごくごく普通の村人でも、旅人が金品を持っていると知れば、即座に賊と化し、襲いかかってくることも多かったのです。当時の流行り唄にこんなものがありました。

「おもしろいは旅の商人千駄櫃担うて伴は三人なり」

一見すると、たわいもない歌詞ですが、実は恐ろしい内容です。

「宝物箱を背負った三人の商人が来る。殺して荷を奪おう」

こんな人間の血が煮え立つような世に平然と旅ができた人々は、よほど己に自信があるか、捨て鉢に生きていたか……。ともあれ、そんな旅人たちが残した怪談もまた興味深いものです。

一、蛸になる大蛇――飯尾宗祇

飯尾宗祇は中世後期の乱世に生きた人です。

若くして出家し、京の相国寺で修業した後、三十代頃から連歌の師として活躍しました。

前にも書きましたが当時の連歌師は、各地の貴人や大名を訪ねて旅から旅を続ける、一種の放浪者です。宗祇は連歌界の第一人者として、どこにいっても歓迎されました。
連歌は、簡単に言えば、複数の人々が和歌の上の句五七五と下の句七七をつなげ合わせて、その全体の変化を楽しむものでした。が、ただの歌遊びではありません。神を楽しませることを目的とし、豊作祈願、雨請い、果ては合戦の勝利祈願としても催されました。甲斐の武田氏、阿波の細川氏、美濃の土岐(とき)氏には敵を調伏(ちょうふく)するための連歌記録が多く残されています。信長の父、織田信秀(のぶひで)も大の連歌好きでした。敵が迫っても歌の会を止めようとせず、秀作が出来た瞬間、

「頃合いぞ」

と、叫んで鎧をまとい、見事に敵を討ち破ったということです。

さて、宗祇は、当時の人気者だっただけに多くの逸話が残されています。そのほとんどは歌の名所「歌枕の地」を巡る物語ですが、中には各地の怪談奇談を宗祇が体験してまわる趣向になっているものもあり、それらは後に、落語の原形である小噺集『醒睡笑(せいすいしょう)』などに引き継がれていきました。

そのひとつ『宗祇諸国物語』から、いくつか御紹介しましょう。

宗祇が播磨(はりま)国明石(あかし)の浦を訪ねた時のことです。

「ほのぼのと明石の浦の朝霧に島がくれゆく船をしぞ思う」

古今集、詠み人知らずの句をくちずさんでいると、漁師が手を打って感心します。流石は歌枕の土地柄だ、と思って漁師の手元を見ると、一個の籠があり、中には蛸がぎっしり詰まっています。

「大漁ですな」

宗祇が言うと、

「そうでもないでェ」

籠の中から取り出した、まだ生きている蛸を、ひとつふたつ選り分けては海に放っていきます。

「それは放生かね」

宗祇はまた尋ねます。放生とは、一度捕らえた鳥や魚を放って後生を祈る行為ですが、その漁師は、少し顔をしかめて、

「朝からぎょうさん獲れたが、こいつらはみんな本物の蛸やない。だから捨てとるんや」

また不思議なことを言います。

「どう見ても真生（本物）の蛸みたいだが、違うのかね」

「御出家が蛸を知らぬも無理はない。ほれ、これが証拠や」

漁師はひとつつかみ出して、足の数をかぞえてみせました。

「ひい、ふう、みい……足が七つしか有らへんやろ。こいつらは蛇や。蛇が化けたもんや。食

うたら毒にあたって死んでまうで」

　宗祇はびっくりしました。

「それは知らなんだ」

「今の季節は、蛇がよう蛸に化けくさる。御出家、今晩それを見ィひんか」

　好奇心が人一倍大きな宗祇は、うなずきました。それから、彼は漁師の家で酒と食事をふるまわれ、時を過ごします。

　そして深夜、亥の刻（午後十時頃）、海辺の岩場に向かいました。

「蛇が蛸に化ける場所は、いつも決まってる」

　漁師が指差す彼方には、波打ち際にごつごつした大岩が露出しています。

「今夜は星がきれいやから、よう見えるやろ」

　しばし待つうち、浜辺に太い綱のようなものが現れました。

「今宵の奴は、また一段と大きいな」

　綱のような大蛇は、岩の上にうねうねと乗りあげると、ものすごい勢いで尾をそこに叩きつけます。肉を打つ鈍い音があたりに響き渡り、その気味悪さに宗祇は耳を押さえて堪え続けました。

　そのうち蛇は目的を達したのか、海中に消えていました。『宗祇諸国物語』は彼の目撃談に

続けて、

「蛇海辺（かいへん）に出（い）でて、その尾を石に打ち、遂に数本に裂いて海中に入る。蛇の頭は次第にふくらまりて蛸のごとくなり、尾は足となるも、七本より多くなるを得ず」

と書いています。この大蛇が化けた蛸がいったいどうなったのか気になるところですが、物語には続きがないのでわかりません。ただ同書には、

「或人（あるひと）（これは宗祇でしょう）云（い）う。市店（いちみせ）に売る蛸、百の内にふたつみつ、足七つある物あり。之（これ）を食す時は、大きに損すとす。後人（ごじん）（後世の人）おそるべし」

と警告が書かれています。

二、古い形の雪女——飯尾宗祇

宗祇の物語を続けましょう。

彼が越後を旅した時に見た「雪女」の話です。

現在（いま）もよく知られている雪女の物語は、こんな筋です。

雪山で男が雪女に殺されかけますが、口外しないことを条件に助けられました。その後、家を訪ねてきた女と夫婦になり、子もできますが、ある晩、男が妻を見てしみじみと、

「昔、おまえにそっくりの綺麗な女を見たことがある」

と語りだします。妻がその話をせがむと、男は、山で雪女と出合ったことを明かします。すると聞き終えた妻は、さっと表情を変えて、

「その雪女こそ私じゃ」

約束を破ったことを恨むが、子まで成したからには殺せぬ、と雪女は去っていく……。

しかし、宗祇の見たとされる雪女は、こんなしおらしい変化（へんげ）ではありません。

宗祇が旅した頃の越後は、越後守護上杉氏の下で、長尾重景（ながおしげかげ）が力を蓄え始めた頃でした。重景は、あの上杉謙信の曾祖父とされている人ですから、ずいぶん古い頃の話です。

旧暦の十一月、越後は雪の中にありました。当時は現在よりも降雪が激しく、人々は家の棟（むね）から出入りする、と宗祇は語ります。

人の情けに助けられて一軒の家に籠もっていると、年も明けて二月。さしもの大雪も僅かに溶け始め、家の南に面したあたりには、地面も見え隠れします。

そうしたある晩、宗祇が厠（かわや）に行こうと部屋の引戸を開けました。庭の辺を何気なく見ると、竹藪（たけやぶ）がある隅のあたりに、怪しい女が立っています。

それが並の大きさではありません。竹藪の矢竹をはるかに超える一丈（じょう）（約三メートル）ほどの背丈です。

宗祇は恐れず、その女を観察し続けました。

白い単衣（ひとえ）の小袖をまとい、帯も白。顔や着物の袖口からのぞく手もすき通るように真っ白です。小袖の材質は艶やかな白絹らしく、糸筋が雪に反射して照り輝いていました。

中国の西王母（せいおうぼ）（最高神の女神）が桃の林に現れ、かぐや姫が竹林に遊ぶ時も、このように神々しかったであろう、と宗祇は思いました。

（さて、この女性（にょしょう）はいくつぐらいだろう）

と、そこで彼は考えます。顔の形を見れば二十歳を超さぬようですが、肩を越す長い髪が真っ白というのは奇妙です。

（何者か尋ねてみよう）

宗祇は裸足のまま、雪の中へ降りました。近づいていくと女は、彼を避けるようにゆっくりと歩き始めます。

その時、雪に反射する光がすっと消えて、あたりは暗くなり、女の姿は闇の中へ掻き消すように見えなくなってしまいました。

夜が明けて家の者にこれを話すと、

「あれは昔から、我が家の庭に出る、と伝えられるもの」

家の主人は説明しました。

「このあたりでは、雪女と呼んでいますが、物識り（ものし）の話には、雪に念の生じた精霊であると申します。前年に大雪の降った年、稀（まれ）に現れるのですが、別に悪さをするものではありません。私は子供の頃からここで暮らしておりますが、まだ二度ほどしか見たことはないのです。御坊（ごぼう）はたいへん珍しいものを御覧なされた」

宗祇は、ここで疑問を抱きます。

「まことに雪の精霊ならば、大雪が降った時に現れるはずですが、愚僧が見た時は、雪が失せかけている今時分。暦の上では春に入る時です。奇妙ですな」

家の主人はこれにも答えて、

「桜は散らんとする時がいちばん美しい。山の木々は落ちようとして紅葉する時がまた美しい。灯明皿の火も、消える直前に一瞬大きく輝くでしょう。雪女も消える直前の雪を惜しむものかもしれません、と言いました。

宗祇は、大いに納得したということです。

どうやら、初期の雪女は、人に危害を加えるような存在ではなかったようです。

『和漢怪談評林（わかんかいだんひょうりん）』にも、こんな雪女が出てきます。

ある人が、北陸道（現在の福井・石川・富山・新潟の四県を含む地方）を旅しました。

頃は神無月（旧暦の十月）でしたが、山辺の道はすでに雪深く、峠を下っても雪がほろほろと降りかかってきます。

ようやく人里に近づいたあたりで、田の畔道（あぜみち）に出ました。

ほっとして田の向こうを見ると、薄ぼんやりと白いものが見えます。

目を凝らすと、真っ白な女が立って、こちらを見ていました。

恐ろしくなって畔を駆け抜け、人里に入ってようやくほっとしました。宿を見つけてひと息つき、

「怖いものを見た」

と宿の主人に話すと、彼は笑って、

「それは雪女でございますよ。ここらは他の村より雪の季節が早く参ります。昨年も、我が家の裏庭に出ました。旅人が見て驚き騒ぎましたが、別に人に害を為すわけでもなく、春になって少し暖かくなれば、出て来なくなるのです。思えば可愛いものですよ」

という答えでした。

三、池に出るふたつの霊――飯尾宗祇

宗祇の物語には、もちろん幽霊を間近に見た話も残っています。

宗祇が京にいた頃といいますから、北野連歌会所奉行に任じられた六十代の頃の話でしょうか。

嵯峨広沢池のほとりに住む一人の僧を訪ねた時。折しも夕刻で、小雨が降り始めます。

「何もない庵ですが、今夜は泊まっていかれると良い」

知人の僧は、親切に勧めてくれます。それから話好きの二人は、諸国の変わった物語などして時を過ごしましたが、

「そう申せば、この広沢池にも毎夜の怪異があるのを御存知か」

僧は言いだします。

「深夜、池の上に怪しの炎が出たり消えたりするのじゃ。炎の中には若い男と女の姿も見え、うめき声さえ聞こえて参る」

「それは、狐狸の類にあらざれば、霊魂の仕業でしょう。もしそうであるならば、我ら出家が救ってやらねばなりません」

真面目な宗祇は、僧に池への案内を頼みました。

「出る」と言われた場所に二人が佇んでいると、やがてぽつり、と水面に火が灯(とも)ります。あれよ、と見る間に火は炎となってふたつに分かれ、水面をあちこち動きまわり、やがてそれは池の中央で止まりました。

炎の中には若い僧侶と、少女と言っても良い年頃の娘が入っています。

二人は相手の炎に向かって必死に池の水をかけ合い始めましたが、そのようなことで火は消えるわけもなく、逆にますます燃えさかっていきます。

「あなたたちは、なぜ左様なことをするのですか」

宗祇が問いかけると、若い僧の霊が答えました。

「拙僧(せっそう)は高雄(たかお)の山寺に修行いたす僧でございましたが、これなる娘と理無(わりな)い仲となり、それが寺に知られて逃げ出し、行くところなく二人してこの池に身を投げたのです」

すると娘の霊が話を引き取って、

「全ては私が悪いのです。高雄のお山へ参詣し、これなる方に一目惚れしたのが全ての始まり。僧籍にある御人を誘って死ねば、互いが焦熱地獄に落ちるが定め。せめて、恋しい人の身が僅かでも焼けぬよう、あさましくもこうして池の水をかけ合うのです」

と悲しげに語りました。

宗祇は、これはまことに可哀相な話だと同情します。彼自身、寺で修業の頃、この若僧のように煩悩に悩まされましたが、何とか踏み止まった経験を持っていました。

「助けにならぬかも知れぬが、せめて我らが、そもじらに経を読んで、焦熱の苦しみを和らげて進ぜよう」

普通、宗祇の逸話なら、名句をひねり出し、その歌の力でふたつの霊を救うところでしょうが、当時は宗祇にその力が備わっていなかったのか、はたまた『宗祇諸国物語』の作者（西村市郎右衛門）が迂闊にも記録し忘れたか。知人の僧と二人して宗祇が、その男女に経をたむけ、菩提を弔うあたりで話は終わっています。

四、人面瘡を見る――幸若大夫

旅をする知識人は、連歌師ばかりではありません。

室町時代に大流行した幸若の師匠も、諸国の有力者に招かれてあちこち巡りました。

幸若は、幼名を幸若丸といった桃井直詮が作った曲舞の一種です。直垂に烏帽子姿で、鼓に合わせて謡い、時折立って舞い踊るといった勇壮なもので、戦国の武士たちは大いにこれを好みました。

その家元の幸若大夫が、安房（千葉県）の里見氏に招かれての帰り。

京への道を木曾路にとった時のことです。とある峠にさしかかると、路の端に馬を停めて待つ武士たちに出合いました。

「これは、さる人を頼うだる者どもでございます」

これは狂言などでの言いまわしで、名前を明かせぬ主の家来ということです。

幸若大夫がとまどっていると、中の一人が、

「我ら、頼うだる人の申しつけによって、貴殿をお迎えに参りました。どうぞ、我が方にお越し下さい。御案内いたしますほどに」

諸国を旅していると、自分の名声を聞きつけた土地の者が引き止めて舞を請うことは、彼も何度か経験しています。幸若大夫は少し煩わしく思いましたが、こんな人里離れた山奥で、人品いやしからぬ武士たちが丁寧に招くというのも奇妙です。

「よろしい、参りましょう」

大夫は、言われるままに、その武士のひいてきた馬に乗りました。

山をふたつほど越えると、山家ながらよく手入れの行きとどいた屋敷がありました。

客の間に通されると、古風な水干姿の主人が現れて言います。

「貴殿が東国より戻られるにあたり、この木曾路をたどられると噂に聞き、今日か明日か、と

待ちわびておりました。どうぞ、今宵は、おくつろぎ下さい」

山の中ながら屋敷には蒸し風呂の施設もあり、大夫と従者たちは、ゆっくりと旅の垢を落とします。

そして夕刻には酒宴となりました。折敷（おしき）には御馳走が盛られ、幸若大夫も少しずつ警戒心を解いていきました。

「お見受けするところ、御亭主はいかにも由緒ありげ。失礼ながら、かかる山中にお住まいの趣（おもむき）。さしつかえなければ、お聞かせ願いたいのですが」

「されば人払いして」

と主人は、幸若大夫と二人きりになって語り始めます。

「それがし、つい先（せん）（少し前）までは、このあたりで多少は名の通った武士でございました。先に娶（めと）った妻を病で失い、さびしさゆえ、ある日、一人の側女（そばめ）に馴染（なじ）んでしまったのです。それが大変に嫉妬深い女であると気づいた時はもう遅く、連日針のムシロに座っているような塩梅でございました」

数年前の夏、武士が霍乱（かくらん）（夏の急性胃炎）で伏せっていると、この女が怨み言を繰り返します。看病をしてくれた他の手伝い女に嫉妬して、長々と嫌味ばかり言うのです。

身体が弱っているところに、だんだんひどくなる女の声。

武士もついにたまりかね、枕元にあった扇子を取って女を叩きます。すると、女はさらに泣きわめいて、

「『妾（わらわ）を打ったな。よし、打て。いっそのこと殺してくれ。武士ならば一刀のもとに斬り殺すのが良かろう。えい、臆病者。それも出来ぬか』

と、悪口雑言。それがしも武士でございますから、言われるままに太刀を取り、女の首を一刀のもとに打ち落としました。首は庭に飛んで、あれなる石の前で転がり立ちます。その時の、両眼をそれがしに向けて、にっと笑う凄まじさ。

それよりそれがし、再び床（とこ）につき、身に熱を発しました。尾籠（びろう）（失礼）な話ながら、次の晩あたりから股に腫物を生じましたが、それが激しく痛み、腫れあがったかと見るうちに裂け目がいくつも出来て、目や口が生じ、見る間に女の顔そっくりに変わります。

これこそ話に聞くなる人面瘡（じんめんそう）ならんと、密（ひそ）かに医師を招き、また呪師（のろんじ）を呼んで治療を試みましたが、何の効き目もございません。やむなく致仕（ちし）（辞職）してこの山に隠れ住みましたが、近頃は身心も衰え、今日か明日かの命とおぼえます。これもあの嫉妬深い女の祟（たた）りでございましょう。せめてこの世の名残に、名人の幸若舞を鑑賞したく思い、かくは御招きした次第でございます」

幸若大夫は、さこそ、と納得し、心をこめて舞ったと『怪霊雑記』には記されています。

五、生きた舌を持つ髑髏と会う――鎌田五左衛門

信長の馬廻衆に、鎌田五左衛門という勇士がいました。しかし、この男は、手柄欲しさの抜け駆けや命令違反が続き、ついに長篠の合戦の後、織田家から追放されてしまいます。

この頃の信長は、長槍や鉄砲を大量に用いる戦法を採用していました。戦場での集団行動を乱す者は、たとえ勇者であっても許さず、という断固とした態度を、家中に見せる必要があったのです。

「俺のような、戦場巧者（ベテラン）を改易するとは、弾正忠（信長）も大阿呆よ」

五左衛門は腹を立てて、岐阜城下を出ようとします。しかし、それを引き止めた者がありました。信長の跡継ぎ、信忠が彼の武勇を惜しみ、父親に内緒で召し抱えたのです。

五左衛門はこれを恩に感じて、信忠の護衛役となりました。七年後、本能寺の変が起きると二条御所で奮戦。信忠が切腹する時は、介錯役を務めます。しかし、恩人とともに腹を切らず、うまうまと二条御所を抜け出しました。そして僧の姿となり、しばし高野山に隠れたのです。

後、福島正則に呼び出されて朝鮮の役に参加。南原城攻めで功名をあげましたが、日本に戻ることもなく、異国で病死しました。

その五左衛門が、僧の姿で各地を流浪していた時の話です。

彼が大和と紀伊の国境に近い野迫川のあたりを歩いていると、道に迷いました。

「どこかで獣道に入ってしまったか」

幸い季節も秋口で、空には一面、星が輝いています。野宿には申し分なし、と五左衛門は、傍らの草を折って寝床としました。

横になってしばらくすると、どこからか法華経をよむ声が聞こえてきます。

「こんな山奥に寺でもあるのか」

それとも、自分と同じ野宿の僧がいるのだろうか、とまわりを見てまわりますが、声はすれども姿は見えません。

経をよむ声は、低くさびさびとしていて、身の内に染み入るような塩梅です。

夜が明けると五左衛門は、もう一度声のした方角を探してみました。すると、茂みに一体の白骨遺体が横たわっています。

「この骸骨が経をよんだのか」

よほど古い遺骸らしく、骨の表面には青苔が生え、衣服も持ち物も溶け去っていましたが、肉もないのに骨と骨がつながり、髑髏の口には、赤い舌が生きている者のごとく残っていました。

五左衛門は感心し、その場にとどまって夜を待ちます。

日が落ちて月が昇ると、思った通り髑髏の口から、経をよむ声が発せられます。五左衛門は、その声に合わせて経をとなえました。

夜明けとともに経が止むと、彼は骨に語りかけます。

「それがしは、にわか道心（急に仏門を志す者）でござるが、あなた様はよほどの僧とお見受けした。お名前と、その執念をお教え下され」

すると、髑髏は赤い舌をひらひらさせて、こう答えます。

「これなるは、高野の客僧、円基と申す。後土御門帝の御時、延徳元年（一四八九）。高野山の学侶（学問僧）が離山せし時、一緒に山を下ったが、愚僧はその時、六万部の法華経をよむ願をたてていた。その願を断つのがいかにも残念であったので、今もこの野辺で残りをよんでいるのだ。執念などと申されるな」

という答えです。

五左衛門は、髑髏に生き生きとした舌の残るわけを知って、その場を引き下がったということです。

しかし、これほどの不思議な体験をしたにもかかわらず、五左衛門は僧として悟ることもなく、高野を下って血生臭い職業に戻るのですから、武者の業が心底抜けぬ人だったのでしょう。

なお、同様な経よむ髑髏伝説は、平安時代の僧鎮源が書いた『大日本国法華験記』にも載せられています。その注釈によれば、死者の骨がつながったままでいるのは、執念のおかげで、こうした遺骸はよく怪を為すとされています。

六、木曾山中の人茸（ひとたけ）

どうも人面瘡という病は、木曾の山の中には多かったようです。これは、少し時代が下がりますが、同じ木曾路に少々違った物語が残っています。

山中に山仕事をする若い夫婦がいました。

ある日、二人して谷間に分け入り、若筍（わかたけ）をとり、山菜を摘みました。途中で巨大な茸（きのこ）を見つけましたが、妻が手に取ろうとすると、

「あまり大きな茸には、何かが憑（つ）いているというから、触れんとけ」

と夫が言います。それから二人は家に戻りましたが、その晩から妻の、左の肩先が妙に痛みだしました。

妻は寝つき、夫は甲斐甲斐しく看病します。そのうち、痛むところは熱を持ち、どんどん膨れてきました。

「気味悪かろう」

　妻が言うと、

「そんなことはねえ、薬草つければ治るだ」

　夫は答えましたが、肉は瘤（こぶ）になって妻の首がまわらぬほどに大きく固くなります。

「気味悪かろう」

　また妻が言うと、夫は首を振り、

「今度はもっときく薬草を摘んで来るべし」

　と答えます。しかし、日が経つにつれて瘤は、口をきき始めました。

　初めは夫の名を小さく呼ぶばかりでしたが、そのうち、

「飯（まんま）が食いたい。食いたい」

　などと言い始めます。夫もこれは気味悪く思いましたが、好きな妻の肩に憑いたものゆえ、言われるままに餅を千切ったり、岩魚（いわな）の身をほぐしたりして瘤に与え続けました。

　その頃から妻は少しずつ無口になっていきます。目はとろりとしていつも眠っているようで、逆に瘤についた顔は、勝手にしゃべったり笑ったりします。

　それからひと月ほど経った満月の晩、二人が寄り沿って月を眺めていると、

「おい、ここはもう飽きたぞ」

　と突然、妻（の肩についた瘤）が言いだしました。

「この家も、おまえの顔も見飽きた。おらあ、明日、出て行くだ」

夫はびっくりして妻の肩先を見つめると、そこには人の顔とも茸ともつかぬものが、にたにたと笑っていました。

明朝、夫が目覚めると、すでに妻の姿はどこにもありません。

近所の知り合いにこれを話すと、

「ああ、それは人茸(ひとたけ)に憑かれたんだいね」

という答えです。

「人茸は、人の身体ン中に入り込んで、その人を乗っ取っちまうだ。おめえのかみさんは、もうこの世の人じゃねえから、探さんほうがええだなあ」

夫はあきらめきれず、それから幾度か山の中を探しまわりましたが、ついに妻は見つからなかったということです。

これなどは、恨みがこもった皮膚の病というものではなく、茸の化け物、植物の妖怪にとりつかれた例と見るべきなのでしょうか。

七、鳴る石

　自ら音を発する石の話は、各地に残っていますが、これも東北地方の話。

　奥州白川（しらかわ）郡竹貫（たかぬき）に、竹貫三河守（みかわのかみ）という領主の館がありました。庭には、この館が出来る前からあったという巨大な石がひとつ立ち、三河守はいつもこれに触れては語りかけるなどして、ひどく大事に扱っていました。

　しかし頃は乱世とて、館を堅固な城に改造することが、周辺で流行り始めます。

「このお館にも、堀をめぐらせ、櫓（やぐら）を建てましょう。それには、あの石を取り除くしかございません」

　家臣らは、三河守に提案します。しかし彼は、

「あの石は、古くからここにある。我らの方が遠慮すべきだ。石ひとつでも粗末に扱うな」

と、言いました。

「こんなことでは城の造作もままならぬ。殿は、ああ申されるが、敵が寄せて来た時、防ぎきれぬぞ」

　家臣らはぼやきました。はたして、その少し後、近隣の敵が蜂起して、竹貫館を襲います。

館の塀際まで大軍が迫り、あわや陥落と見えたその時、館の中からわっと鬨の声があがりました。

「三河守は、館の内に新手を隠していたぞ」

敵はひるみます。

竹貫勢はこれを見逃さず、反撃に討って出て、敵を散々に攻め破りました。

その鬨の声は、敵の発する声を大石が反響させたものであることが、後にわかりました。

竹貫三河守は、これを「ぼなり石」と名づけ、お礼に大牛を捧げて祀ったということです。

合戦に際して石が鳴るという事例は三河国矢作町の矢作神社にも伝わっています。

元弘三年（一三三三）、上野国（群馬県）生品明神で兵を挙げて鎌倉を滅した新田義貞は、功績によって後醍醐天皇より上野・播磨両国の国司に任ぜられます。その二年後の建武二年（一三三五）十一月。鎌倉にあった足利尊氏が、天皇への謀叛を理由に追討されることになると、義貞は大軍を預けられ、その先頭に立ちました。

京から関東を目指す彼の軍は、途中に三河国を通過します。ここは足利方に心を寄せる武士が多く、また、国境の矢作川は、彼らにとって絶好の防衛拠点でした。

義貞は、故郷の生品明神で祈願した時を思い出して、矢作神社に鏑矢を捧げ、一心に戦勝を祈りました。

この時、神社の境内にある「唸り石」が、鳴動した、というのです。

神社の建物や石が、地震でもないのに震える、音を発する、という現象は昔から語られていますが、それらは神仏が返事をする印とされていました。義貞は大いに喜び、

「軍神の御加護は我らにあり」

敵味方の識別としてつける鎧の袖印にも、「加護」という文字を書きました。

同年十一月二十五日、この印をつけた新田勢は、見事に川を渡って足利方を追い散らしたということです。

八、五つのろくろ首

九州の菊池一族は、古代の豪族ククチヒコの血を受け継ぐ名家でした。南北朝時代は、全九州を勢力下に治めるほどでしたが、南朝勢力が衰えるにつれて、徐々に力を失い、天文二十三年（一五五四）、肥後（熊本）の菊池義武が、豊後（大分）の大友義鎮（宗麟）によって殺害されると、歴史から消えてしまいます。

その菊池氏の家臣に、磯貝平左衛門武連という名高い武者がいました。

主家が亡びた後は何の望みもない、と髷を落とし、回竜と名乗って諸国行脚の僧となります。

この人が、はるばる甲斐国まで下ってきた時のことでした。

山の中で日が暮れて今宵は野宿かと観念し、とある大岩の上で横になっていました。と、そこへ山仕事の男が通りかかります。

「御出家、そこで寝ていると、狼に食われてしまうだ。宿なら貸してやろう」

これは親切な申し出、と喜んだ回竜は男について行きました。

山奥の崖へ張り出すように建てられたその小屋は、一見すると賤屋のようでしたが、回竜のように山中で迷った人をいつでも泊められるよう二棟に別れ、近くの湧き水を樋でひいて、なかなか風流な造りでした。

母屋には男三人、女二人いて、回竜を見ると礼儀正しく挨拶をします。

(これは戦いに敗れて、この山中に隠れ住む、由緒ある人々かもしれぬ)

と、回竜はそう思いましたが、挨拶を終えた女の一人が、一瞬ものすごい眼差しで彼を見ているのを見逃しませんでした。

(一見上品そうに見えても、これは油断ならんぞ)

元は老練な戦場往来の武者であった彼は、用心します。

が、それでも、炉端で鍋を囲み、薪を継ぎ足しながらの会話は楽しく、それは夜半まで続きました。

その内、皆が眠気を催してきたようなので、回竜は与えられた客用の小屋に引きとります。就寝前の読経を済ませ、ふと喉のかわきをおぼえて外の掛け樋に近づくと、母屋の戸が開いています。

何気なく覗いてみれば、囲炉裏の前に眠る五人の身体には、どれも首がついていません。

「眠っている間、賊に皆殺しされたか」

と思いましたが、皆、首と胴の切れ目がつるりとして、血も散っていないのが奇妙でした。

彼は、はたと思い当たります。

「中国には飛頭蛮、我が国にもろくろ首というものがあるそうな」

回竜は寺で修業中に教えられた話を思い出します。

「飛頭蛮は、身体が眠りにつく時、自然に首が抜けてあちこちで悪さをすると聞く。しかし、胴体を隠してしまえば、首は戻るを得ず、大いに嘆いて三度地に落ち、死ぬとも言う。試してみよう」

男女五人のうち、いちばん頭立った者の胴体を引きずっていって小屋の裏手に隠しました。

それから首どもの行方を探そうと、あたりに耳を澄ましてみると、崖の近くに作られた垣根の上で人の声がします。夜目にすかして見てみれば、五つの首は宙を舞い、虫を取っては食べている気配です。

しばらくして首どもは地面近くに降りてきて、密談を始めます。

「今夜、小屋に招いた坊主は肉づきが良く、うまそうだ。そろそろ寝入った頃合いだろう」

「喉笛に食らいついて、一息に息の根を止めてやろう」

「誰か、見届けて来よ」

すると、女の首がすっと小屋の方へ飛んでいきました。

そしてすぐに戻ってくると、あわてた声で、

「大変だ。あんたの胴体が、囲炉裏の前からなくなっているよ」

「なんと」

頭立つ首は、大いに嘆いてわめきたてます。

「我が胴体を隠したのは、あの坊主だろう。胴を失ったからには、わしは生きてゆけぬ。まことに憎むべき奴だ」

憎々しげに言い捨てると、宙高く飛び上がります。

「いたぞ、あの坊主だ」

回竜は見つかってしまいました。首どもは、眉を吊りあげ、口を裂けんばかりに開いて襲いかかってきます。

そこは、元武者の回竜。すばやく手近な木を引き抜いて打ち払います。五つの首は次々に叩

き落とされ、最後にいちばん手強かった頭立つ首も地面に転がりました。

「おお、主人の命運もこれまでか」

残る四つの首は母屋に飛び込んで、首と胴をつなぎ合わせると、

「恐ろしい坊主だ。みんな、逃げよ」

山の奥に一目散。あっという間に姿を消してしまいました。

回竜も、こんな場所には長居できぬ。夜明けまで少し間があるが出立しよう、と法衣をまとっていると、

「おのれ、坊主め」

まだ息のある頭立つ首が、ふらふらと飛んできました。

「胴を失った我はここで死ぬが、おのれも道づれにしてやるぞ」

最後の力を振りしぼって襲いかかりますが、回竜が身をかわすと、法衣の袖口に噛(か)みつきます。

そしてそのまま静かになりました。

「死んだか」

回竜は経を唱え、それから首を外そうとしますが、袖口に喰(く)いついたそれは、どうやっても外すことが出来ません。

「妄執(もうしゅう)(あくまで執着する迷いの念)とは、凄まじいものよ」

回竜は豪胆にも、その首をぶら下げたまま回国の旅を続けた、と『怪物輿論（よろん）』にあります。

この話は、明治の作家小泉八雲の『怪談』に「ろくろ首」としてとりあげられ、海外にも紹介されました。

なお、原本の「轆轤首（ろくろくび）の悕念（きねん）却（かえ）って福を報ゆるの話」には、この続きが載せられています。

それもつけ足しておきましょう。


この回竜という人は、豪胆というより、物にこだわらない、悪く言えば雑な性格だったのかもしれません。

甲斐を抜けて信州の諏訪（すわ）に入った彼は、久しぶりに見る町の賑やかさに浮かれて、あちこち見てまわりましたが、たちまち役人に捕まりました。

それはそうでしょう。彼は法衣の袖口に、生首をぶら下げたままでしたから。

牢に入れられても落ち着いて経をよむ回竜に、役人たちは困り果て、諏訪家の市（いち）の司（つかさ）に判断を求めます。

市の司は町の商人や旅人を差配する、後の町奉行のような役職です。

その市の司は、教養のある人でした。まず、回竜の法衣と生首を取り寄せて子細に観察します。

「この首は放っておいたにもかかわらず、まったく腐ってはいない。これは奇妙だ」

市の司は牢から回竜を出して、身近に呼び寄せました。

「甲斐の山中に飛頭蛮なる化け物どもが住むと聞く。貴僧はそれを退治したのであろう。よろしければ、俗名をお教え願いたい」

回竜が答えると、元は西国で名高い武者磯貝武連と知って、彼は大いに驚きます。

市の司は詫びと、多少の喜捨（きしゃ）を与えて彼を解き放ちました。

もう町はこりごりだ、と回竜は再び山の中に分け入ります。すると、今度は山賊に出会ってしまいました。

「坊さん、おもしろいものを袖にぶら下げているなあ」

妙な奴で、その首をひどく気に入った様子です。

「どうだね、あんたの着ているもの一切合切と、俺の着物を交換しないか」

「首がついたこの法衣も、か」

「その首には五両の金を、別につけようじゃねえか」

回竜も、こんな重いものを腕に下げて旅するのが、少々煩わしくなっていたところです。

「いいだろう、取りかえよう」

二人は着替えると、右と左に別れました。山賊の思わくとしては、その生首を威（おど）しのネタに使ってひと稼ぎするつもりだったのですが、諏訪の町に出てみると、さして驚く人もいません。回竜の飛頭蛮退治の噂はすでに広がっていました。それでも山賊が自慢そうに首を下げて歩いていくと、親切な男が、

「おまえさんは、どうやって回竜さんからその首をせしめたか知らぬが、それはずいぶん怖いものらしいぞ」

話を聞いた山賊はびっくりしてしまいます。

しかし、生首を買い取ろうとした奴だけに、普通（なみ）の者と考え方が違います。

「ここはひとつ甲斐に行って、この首の供養をしてやろう」

それから山を歩き、人に訪ね訪ねして、ついに飛頭蛮の小屋を見つけ出しました。

しかし、首とつなげるはずの胴は見つけることができません。

山賊は、小屋の裏に塚を築いて、首を埋めました。

甲斐には今も、轆轤首の首塚と名づけられた塚が残っている、と小泉八雲は書いています。

九、九州大隅の抜け首

甲斐の飛頭蛮と同じような、空中を飛ぶ生首の伝承は、鹿児島と京にも存在します。まず、

九州の方から。

南九州大隅（おおすみ）の柏木（かしわぎ）に、柏木神社という小社があり、昔は「難波（なわ）の抜（ぬ）け首（くび）」と称するものがよく飛行した、と伝えられています。

慶長二十年（元和元年・一六一五）の大坂夏の陣が終わった直後。敗れた大坂方の武者が、この地に多く落ちのびました。

同じ柏木の前（まえ）難波の集落に住みついたのは、村岡某（むらおかなにがし）という一手の大将株です。

他の落武者と違い、彼は船を用いて逃げたので、数多くの家財をこの地に運び込みました。

これを知ったのが、国分（こくぶ）に住む欲深な二人の郷士（ごうし）（地付きの半農半武士）です。

「本来ならば落武者狩りで討たれるべき奴だ。今、あ奴を殺して、財産を我らのものにしてもかまうまい」

二人は、言葉巧みに村岡を柏木神社の近くに誘い出し、首を斬りました。それからおもむろに彼の隠れ家を襲って家人も皆殺しにし、銭や武具を奪い取ったのです。

「なんと、簡単に物持ちとなった」

「こうなれば、領内に潜む大坂方の侍を片っ端から殺して稼ごうぞ」

しかし、柏木神社の森に埋められた村岡の怨霊が動きだします。

彼の首が夜な夜な飛びまわるようになったのです。しかも、その怒りを表すかのように口から火を噴き、二人の郷士の名を叫び散らしました。

二人の悪業は、たちまち大隅一帯に知れ渡ります。

「武士は相身互い。落武者となった者を庇うのが薩摩武士というものだ。それを、銭目当てに襲うとは、許しがたい」

周囲の武士たちは怒り、二人を斬り殺してしまいました。こういったあたりが、南九州の士道というものなのでしょう。

しかし、村岡の怒りは収まりません。

二人の郷士が死んだ後も、たびたび周辺を首が飛行し、人々を恐れさせました。

十、京に出る宗玄火

京に出る飛ぶ首も、火と一体になっているそうです。

京の右京、西院の近くにある壬生寺（京都市中京区）は、狂言と派手なほうろく割り、また幕末には、近くに新撰組の屯所があったことで知られています。しかし、古くは「宗玄火」という巨大な火の玉が出ることで恐れられた土地でした。

毎月、新月の頃になると、壬生の水田の上を、燃える炎が行き来します。その炎の中には、一個の法師の首が入っていて、夜道で出合う者を威(おど)してまわるというのです。

この法師は宗玄といい、壬生寺の地蔵堂を管理する者でした。御堂の灯明に油をさす役でしたが、その貴重な油を勝手に売り払ったり、地蔵菩薩に寄進された品々を市(いち)に流したりして稼ぐ悪い僧です。

流石(さすが)にそんなことは長続きするわけもなく、ある日、流行り病にかかって死んでしまいました。

しかし、悪業の報いで成仏できず、その霊魂が火の玉と化します。

これがわかったのは、ある晩、壬生(みぶ)の信心深い人の枕元に宗玄が立ち、

「菩薩の灯明油を盗んだ罪で、今は焦熱地獄に落ち、我が首は火の玉となって飛ぶ定めとなった。この因縁を壬生の村人に伝えてくれ」

と伝えたからです。

やがて「宗玄火」はこのあたりの名物になります。地元の人々は新月の晩には外出を控える習わしになりました。

しかし、他の地域の者には初め、その情報が容易に伝わらなかったと見えて、闇夜に右京から洛中へ戻る人々が時折、燃える飛び首に追いまわされました。

『新御伽婢子(しんおとぎぼうこ)』は、江戸中期に出来上がった全六巻の怪談奇談本ですが、ここにも「宗玄火」

に威された話が載っています。

ある小雨の降る晩に、提灯（ちょうちん）もなく、西院から三条に戻る商人が、壬生のあたりで頭上が急に明るくなったので、おや、雨が止んで月でも出たか。いや、今宵は新月のはず、と上を見あげると、めらめらと燃える炎が宙に舞っています。それのみか、その火の玉の中には、髭（ひげ）もじゃの坊主の首があり、じっと彼を睨（にら）みつけているではありませんか。

「わっ」

と叫んだ商人は、そのまま気を失って水田に落ち、翌朝、村の者に助けられましたが、しばらくは高熱を発して床（とこ）についた、ということです。

この火の玉の中に入って飛ぶ首という言い伝えは、いろいろなバリエーションがあり、河内国（大阪府）の「姥が火（うばがひ）」。比叡山（ひえいざん）の山中に出る「油坊（あぶらぼう）」。名刀青江（あおえ）として知られる「にっかり」の近江「化け火」斬りも、この範ちゅうに含まれます。現代のオカルト否定論者たちは、湿気の多い晩に出る火の玉を、プラズマ現象、球電（球体化した放電現象）などと説明しますが、ではなぜその中に人の顔が現れるのか、説明することはありません。

第五章

生き物の怪異

UMA（ユーマ）（未確認動物）という言葉は、実は日本人にだけ通じる和製英語なのだそうです。我が国の人々は古くから奇怪な力を持つ、人以外の生き物を恐れ、それでいて強い興味も抱いてきました。怪しい力を誇る動物といえば、まず狐（きつね）・狸（たぬき）。猫・蛇といったところが定番ですが、この章では、ちょっと趣を異にする生き物の怪を語ります。

一、下総豊島館の大蝦蟇

蝦蟇（がま）は、口から妖気を吐いて天候を変えたり、人に憑（つ）いて大いに惑わしたりするとされていました。

あの太田道灌が活躍し始めた時代。

下総国（しもうさのくに）（千葉県）東葛飾（ひがしかつしか）で、古河公方（こがくぼう）足利成氏（しげうじ）に仕える、豊島某（としまなにがし）という者が館をかまえていました。

館の周辺は湿地帯で、蛙（かえる）や水鳥が多く住む場所です。

ある年、風邪をこじらせた某は、そのまま寝込んでしまいますが、数ヶ月経っても身体は一向に回復しません。

「季節も変わり、薬もきいているはずであるに、この衰弱ぶりは、どうしたことでしょう」

医師も首をかしげます。某は館の寝所で寝たり起きたりの生活を続けていましたが、ある時、気分を変えようと、庭に面した杉戸を全て開けさせました。

軒先に雀が鳴いているので見上げると、奇妙なことに気づきます。

屋根の椽の下に飛んできた雀が、ことごとくそこに吸い込まれていくのです。しかも、一度入った雀が再び出てくることはありませんでした。

「何かおかしいぞ」

雀だけではありません。塀の上を歩いていく猫や、庭を走りまわる野鼠までが、何物かが持ち上げているかのように宙を飛び、椽の中に吸い込まれていくのです。

某は、家臣に命じて、椽の下の板を取り外させました。

すると、少し低くなった場所に大きな蝦蟇が一匹、目をぎょろつかせて座り込んでいます。まわりには動物の骨や鳥の羽根がうずたかく重なり、全てこの蝦蟇の犠牲になったことが見てとれました。

「我が殿の病が治まらぬのも、この蝦蟇が精気を吸い取っていたからに相違ない」

「打ち殺してしまえ」

家来たちが蝦蟇を捕まえて殺すと、豊島某の病はたちどころに治ったということです。

豊島家では館の外の街道に板を立てて、この蝦蟇の死骸を晒しましたが、頭はひと抱えほどもあり、手足を伸ばすと七尺（約二メートル十センチ）ばかり。前足の指は四本で、その指先は後ろ向きについています。腹を裂くと、胃の中からまだ消化されていない大きな鼬の死骸まで出てきた、ということです。

大蝦蟇の住む家では、このように動物は全て精気を吸われるということですが、戦国時代の馬飼いの言い伝えにも、

「厩の馬が突然病にかかったり、痩せ衰えた時は、きっと近くに大蝦蟇が住んでいる。早々に見つけ出して、打ち殺さねばならない」

というものがあります。

戦国時代の武者は、手柄を稼ぐため馬を非常に大事にしていました。ですから厩の近くに蝦蟇が出ると、大騒ぎしてこれを獲りました。

二、狩野泰光、光る蝦蟇を落とす

下総の隣国、武蔵国松山（埼玉県東松山市）に住む後北条氏の家臣狩野飛驒守泰光という人は、武勇だけではなく知識も豊富な人でした。

ある夏の晩、家の濡れ縁に座って一人、酒を飲んでいると、庭石の下から白く水蒸気のようなものがあがっているのに気づきます。

妙だな、と思って目を凝らしていると、そこから人魂（ひとだま）のような丸い光が、いくつも飛び出してきました。

飛騨守泰光は、庭に下りました。槍の稽古に使う青竹があったのを拾いあげて、無雑作に人魂らしき光り物を打ち落としました。

家人に明かりを持ってこさせて、落ちているものを見れば、小さな蝦蟇（がま）です。

これを全て打ち殺した後で翌朝、庭の石の下を掘ってみると、地の下三尺（約九十センチ）のあたりから、大蝦蟇が現れました。

「年を経た大蝦蟇は気を吐き、また小蝦蟇が光って空を飛ぶ、とは唐の国の書籍にも多く書かれている。おそらく、小蝦蟇どもは、この親蝦蟇のもとから巣別れする最中であったのだろう。かような邪気を発する化け物どもが、領内に広がっていかなかったことは幸いである」

飛騨守は自らの手でこの大蝦蟇を斬りました。

その刀は、「相州住泰春（やすはる）・大永七年（一五二七）八月」の銘があり、後に「大蝦蟇斬り」として北条氏政（うじまさ）に献上されましたが、小田原北条氏滅亡後は行方不明になっています。

三、細川政元、蝦蟇に変じる

明応の政変（一四九三）で足利将軍の首をすげ替え、西国十ヶ国を支配した細川政元は、魔法に憧れてその修業ばかりしていた妙な武将ですが、この人が、実は蝦蟇だった、という話が『玉帚木』という本に載っています。

文明の乱の後、主家を失った浪人たちが、右京の外れ、衣笠のあたりに集まってきて酒など飲むうち、

「このままでは、みんな顎が干上がってしまう。ひとつ、盗賊にでもなって、それぞれ出直しの銭を稼ごうじゃないか」

という話になります。

「盗みに入るといって、どこか宛はあるのか」

「この近くに、ひとつ心当たりがある」

それは山の麓にある龍安寺でした。応仁の乱の一方の大将、細川勝元が建てた寺です。以来細川家の庇護を受け、当代の政元もこの寺を大事にしていました。

政元は、京兆（京職）――首都の警察長官です。その菩提寺に忍び入るのは、非常識すぎ

る話でした。

「そ、そんな恐ろしいこと」

「いや、京兆家の寺だからこそ、誰も盗みに入るわけねえと坊主も油断してるはずだ。そこがつけめさ」

嫌がる仲間を説き伏せたその男は、自ら大将分となりました。

深夜、龍安寺の塀を乗り越えたのは、総勢八人。

「龍安寺は禅寺だから、唐物（からもの）をいっぱい持っているはずだ。堆朱（ついしゅ）の香合（こうごう）一個手に入れただけでも、俺たちゃ長者（金持ち）だぞ」

細川家は当時、日明貿易によって莫大な利益を得ていましたが、そうした輸入品の中でも、銅銭、絹織物と並んで、唐渡り（からわた）りの香合（香料の容器）は、大変な人気商品でした。

「なんだ、見まわりの小坊主一人出て来やしねえ」

「不用心な寺だぜ」

途中、誰にも出会わぬことに不審を感じつつも、八人の男たちは、寺の方丈（ほうじょう）に達します。

この部屋は寺の長老や、上級の客などが寝起きするところです。

「暗いが、中に誰かいる気配だ」

「一気に押し入るぞ」

太刀や薙刀を構えた男たちは、杉戸に手を掛けて押し開きました。

と、部屋いっぱいに何かが置かれています。そして上座の板敷には、小さな灯明が一筋。

最初、夜着（寝具）でも積み重ねているのだろうか、と誰もが思いました。しかし、か細い灯にすかしてよく見ると、それは一匹の蝦蟇でした。

並の大きさではありません。丈一丈（約三メートル）もある巨大さです。

男たちが悲鳴をあげると、蝦蟇は淡々と姿を変じて、直垂姿の武士になりました。

「汝らは盗っ人だな。細川家の寺と知りながら入ってくるとは大胆というのか、世間知らずというのか」

その武士は低く笑いましたが、その声もどことなく蛙の鳴き声に似ています。

「あなた様は、何様であらせられます」

と盗賊の一人が尋ねると、

「右京大夫である」

細川政元、本人という答えです。彼は傍らの文机に置かれた香合を取って、

「汝らの大胆さに免じて、見逃してやろう。これを持っていけ」

ぽん、と放りました。

「ただし、今見たものを口外するなよ」

八人の盗賊たちは、大あわてで龍安寺を逃げ出したといいます。

『玉帚木』の筆者は、細川政元が蝦蟇に化けていたのではなく、菩提寺の方丈で蝦蟇が気を抜いている時、たまたま盗賊たちに正体を見られてしまった。つまり、政元の本性こそ大蝦蟇だったのだ、と書いています。

もしそうであるならば、戦国時代の幕開けを告げる明応二年の政変は蝦蟇の仕業であり、十代将軍足利義材（義稙）は蝦蟇によって殺されかけた、ということになってしまいます。

四、旋風とカマイタチ

尾張・三河・遠江・駿河の東海四ヶ国に、頽馬あるいは頽馬風という怪しい突風が吹く、と伝えられています。

これは馬に乗ったり、それを曳いて歩いたりしていると、時折、突風が襲ってくるという現象です。

ただ強い風が吹きつけるというのならよくあることですが、その風は馬の前後左右についてまわり、そのうち馬の背に吹きあがると、必ず馬は棹立ちとなり、大きくいないて死ぬのです。これが頽馬。馬の周囲にいる人も、例外なく傷ついたり病み衰えたりする、とされていました。

　これを防ぐには、風が馬の背に吹き上がろうとした時、脇差を鞘ごと抜き出すか、杖の先を構えて背を払えば、風は散って何事も起きぬということです。

　尾張から美濃にかけての顛馬風は、ギバと呼ばれています。東海地方の顛馬は、突風以外に何も見えませんが、こちらのギバには怪しい姿が見え隠れします。

『想山著聞奇集』には、

「旋風の中に、玉虫色をした小さな馬に跨った小さな女がいる。女は猩々緋の衣を着て、頭には金の瓔珞（髪飾り）をつけている。これが空から降ってくると、馬は狂ったようにいなく。女は風の中で自分の乗った小馬の前足を、馬の口に当てがい、小馬の後足を耳の後ろのたてがみに押しつける。そして、にっと笑うと消え失せる。

　途端に馬は右側へ三度まわって息絶えるという。手慣れた馬飼いは、ギバが来たと知ると、自分の羽織を取って馬の頭を包み込む。そして馬体を左に三度まわす。そうすれば馬は息を吹き返し、死ぬことがない」

　とあります。

　このギバが、妖女ではなく鎌のような爪を持った鼬、すなわちカマイタチという妖獣である、とする話も伝えられています。

ギバは馬や人に表面上の傷を与えずに殺しますが、カマイタチは、風が吹いた直後に、鋭利な刃物で斬りつけたような跡をつけていくのです。

この妖怪は、日本海側の越後あたりが本場でした。越後高田の海辺を行く旅人が、河の堤を歩いていると、よく襲われたといいます。

砂丘の砂が突然高く盛り上がり、旅人に吹きつけます。あっ、と思った時はもう遅く、顔や手足にザックリと三ヶ月形の切り傷がついています。ただし、「刃先」が骨まで達することはなく、不思議なことに傷口から血が出ることもありません。

これを防ぐには、懐に古い暦を入れておくと良い。また、その暦を燃やして灰を白湯で飲めば治る、とも伝えられます。

傷口が大きいにもかかわらず出血がない、というのは逆に不気味ですが、これにも伝承があります。カマイタチは常に三人連れで、一番目のイタチが突風を起こし、二番目のイタチが刃物で傷つけ、三番目のイタチが血が出ぬようまじないして去っていく、というのです。

明治に入って、何事も論理的に見ようという風潮が起こった時、竹原春泉斎（たけはらしゅんせんさい）という錦絵師が、

「これはカマイタチではなく、構え太刀（かまだち）という旋風の気（き）である。気候の変わり目に強い風が吹くと、空気の一部に真空が生じる。ここに人や馬の皮膚が触れると、吸い込まれてピシリ、と

裂ける。これを羊角風と言う者もいる」

と書いています。一見すると科学的な説に聞こえ、現代に入っても時々この説を吹聴する「自称科学研究家」がいますが、空気中に真空が生じる確率は非常に低く、また、そこに皮膚が触れる確率は、さらに極めて少ないことがわかっています。

奇譚を全て否定したがる心理もわからぬではありませんが、否定したいばかりに妙な理論を持ちあげるのも、逆に非科学的でしょう。

ここは素直に、おもしろいなあ、と感心するだけでいるのがよろしいかと思います。

五、もういいかい――上総坂田池の水怪

九十九里浜に近い上総国坂田（千葉県山武郡横芝光町）に、坂田城という巨大な城がありました。

現在でもほぼその原形を残す城跡の前には、坂田池という沼があり、かつてはこの沼地が城を守る堀の役目を果たしていました。

城を築いた井田因幡守は、小田原北条氏に仕えた土豪あがりの武将で、一時は武蔵岩付（岩槻城）や、常陸牛久（牛久城）の城番も勤めたほどのやり手です。

ある時、大雨で坂田池に面した西の土塁が崩れたため、因幡守は自ら土木の監督に出ました。応急処置が終わり、人夫たちが引きあげた後、因幡守が沼の縁で休んでいると、水の中から一匹の蜘蛛（くも）が上がってきました。

黒い胴に黄色い縞（しま）のついた、このあたりでよく見かける女郎（じょろう）蜘蛛のようです。

それが、因幡守の草鞋（わらじ）から出ている足指の先に糸を巻きつけ始めました。

「なんだ、巣でも作る気か」

蜘蛛は水から出ては糸を掛け、また水に入っては出て糸を掛けます。

ついに因幡守の足首いっぱいに糸が巻きつきました。

だんだん因幡守は気味が悪くなってきます。考えてみれば、水蜘蛛でもない女郎蜘蛛が、水から出たり入ったりするのが不思議でした。

因幡守は一計を案じ、足首の糸を全て外して、傍らにあった太い木にそれを掛けました。

蜘蛛はそれに気づかないのか、また水から出て来て木に糸を掛け続けます。

やがて、立木のまわりは糸で真っ白くなりました。

すると、水中から何者かが、

「もういいかい」

と声をかけてきます。それに応じて、因幡守の背後にある水草の間から、

「もういいよ」

と子供の声が返ってきました。

途端にめきめきと音がして、立木は引き倒され、水中に引きずり込まれてしまいました。

因幡守が驚いて立ち上がると、水中から、

「しくじったか」

と悔しげにひと声あがります。

因幡守は城に戻ると家中の者に、

「今後、西の土塁下に近づいてはならない」

と申し渡したということです。


因幡守が積極的に妖怪退治をしなかったのは、こういうものも飼っておけば、城の防衛に役立つと考えたからでした。

もともと彼の家は、地域の大族千葉(ちば)氏の勢力下にありましたが、周辺の紛争に介入しては政敵を殺し、勢力を拡大して坂田城を築きました。

因幡守は、利用できるものなら何でも利用する、という合理的精神の持ち主で、考え様によっては、この男の方がよほど妖怪じみています。

なお、同国夷隅郡大野に、蜘蛛が水中に人を引き込む話があり、遠く京の東山稚児ヶ淵にも、池の大蜘蛛が木を折って水中に引き込む物語が残っています。どれも江戸時代の伝承ですから、最も古いこの上総坂田池の、水怪噺が原形であろうかと思われます。

六、寺に出る大蜘蛛

東山の大蜘蛛話が出たついでに、水中ではなく、地上で猛威をふるった京の蜘蛛の物語も紹介しておきましょう。

熊野山伏の覚円という人が、紀州から京に出て、東山清水寺に詣でようとします。五条の烏丸まで来た時に日が落ちて、どうやら参詣は明日と思い定めた覚円は、宿を探しました。

五条の辺は下京の外れで、戦国時代は町を取り囲む土塁の外側になります。あたりに宿屋など一軒もなく、荒れ果てた寺の跡地ばかりが続いていました。

やっとのことで大善院という寺の門を見つけて境内に入ると、わびしげな灯がともっています。

やれ、助かったと覚円は、出てきた老僧に一夜の宿を請いました。

老僧はうなずいて彼を案内しますが、連れていかれた先は、傾いた物置小屋でした。

「我も神仏に仕えて修行する者。みすぼらしいからと、かような荒れ屋に案内するとは」

と覚円が怒ると、老僧は首を振って、

「おまえさまを侮って、ここに寝かせようというのではない。実は、当寺の本堂には、夜になるといろいろ怪異が起きる。そこに泊めて行方知らずになった者は数知らず。よって、ここをお勧めするのじゃ」

と言います。

「怪異は夜にのみ起きるのですか」

と尋ねると、昼は何事もないが深夜、人が寝静まった頃合いになると、何者かが本堂に現れる、と老僧は答えました。

覚円はしばし考え込み、こう言います。

「自分は熊野山伏ゆえ兵法(ひょうほう)の心得があります。山鍛(やまぎたえ)ながら太刀も腰に下げています。何の怪異など恐れましょうや」

無理を言って、本堂へ泊まることにしました。

念のため太刀の鯉口(こいぐち)を切り横になっていると、深夜、生臭い風が吹き、本堂のまわりが揺れ始めます。

　しばらくすると天井の板が外れて、何者かが降りてくる気配です。

　覚円が、なおもじっとしていると、そ奴は近づいてきて彼をつかもうとします。毛がいっぱいに生えた細長い腕です。

　太刀を抜き放った覚円は、無言で斬りつけます。その腕は宙に飛び本堂の隅に落ちました。

　怪物は壁を伝って天井に逃げましたが、覚円は油断せず、じっとしていました。それは、

「手疵（てきず）を負った怪異は、必ず復讐（ふくしゅう）に来る」

という山伏仲間の言い伝えを覚えていたからです。

　はたして、そ奴は明け方近く、再び彼を襲ってきました。

　覚円は本堂の中を右に左に跳ねまわる怪物に斬りつけます。

　朝になると老僧が、本堂の扉を開けました。覚円は夜に起きたことを語り、太刀を見せると、大きく刃こぼれしています。

　二人して本堂の中を探せば、本尊の脇に銀色に輝く長い爪のようなものが転がっていました。そこから半透明の、ねばつく液体が床に点々と散っています。後をたどっていくと、胴の太さ三尺（約九十センチ）、手の長さは一丈（約三メートル）ほどもある大蜘蛛がズタズタに斬られて死んでいました。

天井裏を調べると、糸にくるまった人骨も大量に見つかって、これが寺に泊まり殺された人々とわかります。

覚円と老僧は、寺の境内に大蜘蛛の死骸を運んで埋めました。これが現在も伝わる五条蜘蛛塚の由来とされています。

七、野猪(やちょ)が化けること

武士は猪(いのしし)を好みました。それは猪突猛進(ちょとつもうしん)などと言い、一直線に突き進んでいく、勢いの良い動物だからでしょう。

猪の毛は固く雨にも強いため、毛の逆立ったところを、矢を盛る箙(えびら)に張ってみたり、また、狩りや戦いに用いる毛沓(けぐつ)の材料に用いました。

上杉謙信の家臣柿崎景家や、常陸（茨城）筑波(つくば)の麗に覇を唱えた真壁(まかべ)氏も、馬印(うましるし)に猪の図を用いましたが、これは猪(い)の一番に働くという洒落(しゃれ)と、摩利支天(まりしてん)信仰を示すものでした。当時は、軍神摩利支天の使い神が猪、と信じられていたのです。

これほど武士に親しまれた猪も、かつては、妖魔としての性格を剝き出しにしていました。

古くは『古事記』や『日本書紀』に、近江伊吹山(いぶきやま)で倭建命(やまとたけるのみこと)を呪う存在として、白い猪が登場します。

　平安時代に成立した『今昔物語』巻の二十七には、こんな話があります。

　ある山の中に兄弟が暮らしていました。母親が死んだので、兄と弟が交互に葬式の用意をしていましたが、夜になると棺（ひつぎ）のまわりに光るものが現れ、しきりに物音を立てます。

　弟の方が、初めにそれに気づきました。

「これは、死骸をあさる妖魔に違いない。母親の身体を持っていかれてたまるものか」

と一計を案じます。死人の格好になって刃物を隠し持ち、母親の棺の中へ一緒に入りました。次の夜までそうしていると、天井から何かが降りてきて、棺の蓋を開けようとします。まわりがぼうと光り、ただごとではない気配です。弟は蓋を跳ねのけてその光に手を伸ばし、刃物で一突き。それは動かなくなりました。

　物音を聞きつけて兄の方が部屋に飛び込み、灯りをともしてよく見ると、それは年老いて身体の毛が全て抜け落ちた、赤裸の大猪でした。次の朝、様子を見にきた村の者に、それを見せると、

「これこそは野猪（やちょ）というものだ。年を経ると、猪（いのしし）も鬼のようになって死人を食いにくるのだ」

という話でした。

この野猪は単に家に忍び込んだり光ったりするだけですが、時代が下り、室町時代に入ると、少し凄味が増してきます。

その頃、播磨国を旅する兵法者（ひょうほうしゃ）がいました。兵法者とは当時の流行り言葉で、剣術使いのことです。彼らは武者修行と称してあちこち渡り歩き、技術を教えることによって指導料を得ていました。

その兵法者は、旅にも技にも未熟者であったので、野宿ばかり続けていたのですが、同国印南（いなみ）の地を通過した時も宿ひとつ見つけることができず、困り果てていました。ようやく墓地のような場所に、小さな御堂を発見して、そこに潜り込みます。

「あまり気持ちの良い場所ではなさそうだ。夜が明けたら、すぐに出立しよう」

と横にもならず目を閉じていると、深夜、鐘を叩く音が聞こえてきます。堂の格子戸から外を見ると、闇の中を大勢の人々がやって来る気配です。さらには念仏を唱える声や、鍬（くわ）や材木を運ぶ音も聞こえてきました。

「いかんなあ、葬式ではないか」

兵法者も流石に薄気味悪く思いました。人々は松明の灯をたよりに穴を掘り、棺を埋めると、ひとしきり祈りをあげて帰路につきました。

ようやく静かになったか、ともう一度、棺の埋められたあたりを見れば、何かがぼうっと光っています。

何事だろうと見ていると、墓地の土盛りを突き崩して、裸の男が出てきます。そ奴の身体から青白い炎が吹き出しているのですが、その炎を消しながら男は、兵法者の籠もる御堂に近づいてきました。

「これが死霊というものか」

鬼でも憑いて、人を襲おうという気らしい。このままでいれば食われてしまう、と兵法者は覚悟をきめ、格子戸を開け放ちます。

「ええい」

と気合いを込めて抜き放ち、裸の死人に向かって一太刀あびせます。

その後は、背後も見ずに山の中をめったやたらに駆けました。

うまい具合に人里へ出て、一軒の家の軒下に潜り込むと、安心感から眠魔が襲ってきます。

そのままひと眠りしていると、その家の者に揺り起こされました。

「いや、かくかくしかじか」

と事情を説明すると、家の者は首をかしげて、

「おかしいな。あそこに地蔵堂は建ってござるが、近くに墓地はない。このあたりで葬式を出した話も聞かない」

不思議なことだ、と兵法者は村人とともに、御堂のあるあたりまで行ってみると、朝日を浴びて巨大な猪の死骸が転がっていました。

「昨夜の葬式は、この大猪が見せた幻であったか」

獣に化かされた兵法者は改めて己の未熟さを悟ったということです。

八、秀吉と羽犬伝説

天正十五年（一五八七）三月。九州の島津（しまづ）氏を攻める秀吉は、豊前小倉（こくら）（福岡県北九州市）に上陸しました。

国内三十七ヶ国約二十二万の軍勢を動員した彼の大部隊は、筑前（ちくぜん）から筑後（ちくご）、肥後（福岡県南部を経由して熊本県）に進む主力と、豊後、日向（大分県から宮崎県）に向かう別動隊に分かれて南下。それぞれが薩摩（鹿児島県）を目ざしました。

秀吉は当然、主力軍の中にありましたが、その手勢が出発して数日後、軍を停めた筑後で奇怪な噂を耳にします。

彼を出迎えた地侍が、陣中で地元の噂を披露した際に、こんなことを口にしたのです。

「我らの所領には『羽犬（はいぬ）』なる化け物が住もうております。近頃は百姓・旅人などのうちで、犠牲となる者、数多く……」

好気心の人一倍強い秀吉は、はたして身を乗り出しました。

「はいぬとは、如何（いか）なる形をしておるのか」

地侍は、身を震わせながら、驚くべきことを言います。

「名の示す通り、羽の生えた犬にございます」

何処（いずこ）から飛び来たるかを知らず。晴れた日の夕刻ともなると羽を広げて里の空を舞う。子供を襲い、墓をあばいて死骸をむさぼり食うといいます。

「奇怪な話じゃな」

秀吉は、すぐに家臣のうちから弓自慢の侍某（なにがし）を召し出しました。

「余の九州平定は、ただ薩摩島津氏を討つだけにあらず。土地の民がやすらかに生きていけるよう心がけておるのじゃ。余の治世を邪魔する者は、たとえ化け物とても、見過ごしに出来ぬ」

討ち取って参れ、と陣中にあった強弓（つよゆみ）を与えました。この家臣の名は伝わっていませんが、こうした戦いには少々心得があったようで、「羽犬」が出没するという村に入ると、巨木を見つけて、その枝に登りました。

初日も次の日も、何事もなく過ぎました。

そして三日目の夕刻、空を眺めていると、山の彼方から不思議な形をしたものが、一直線にこちらへ飛んでくるのを見つけます。鳥かと見れば首は異常に長く、細長い笞(むち)のような尾がついていました。しかも、広がった翼を見ると、羽毛の生えている様子が見られず、まるで蝙蝠(こうもり)のような薄い膜が、胴体の左右に張られているようです。

「まさしく化け物」

秀吉の家臣某は、きりきりと弦を引きしぼって、ひょうと放ちました。

矢は狙い誤ることなく、怪物の胴中(どうなか)に当たります。しかし、怪物は少しもひるむことなく、突っ込んできます。

某は腰の箙(えびら)をさぐって、いちばん大きな雁又(かりまた)(Yの字に開いた大きな鏃(やじり))の矢を引き抜き、その長い首めがけて射ちかけます。

雁又は見事に細首に当たって射切りました。怪物は気味の悪い悲鳴をあげて、どさりと地に落ちます。

「羽犬死す」

との報告を受けた秀吉は、急いで現場に駆けつけようとしましたが、皆に止められました。

「なぜ見にいってはいかぬ」

秀吉の問いに家臣の一人が、

「弓の名人 某（なにがし）は、羽犬の返り血を浴びた途端、にわかに発病。数刻もせぬうちに死んでしまいました」

妖怪羽犬の毒気にあてられたか、それとも祟り（たた）を受けたのか……。

「殿下（秀吉公）は、島津攻め途中の大事なお身体。怪しげな化け物の死骸に近づいて、御発病でもあれば、配下二十二万の将兵はいかがいたしましょうや」

好奇心旺盛な秀吉も、そこまで言われては返す言葉がなく、陣中の陰陽師（おんみょうじ）を呼んで、羽犬祟り避けの祈禱を行なわせた、ということです。

そして後日、羽犬と弓名人の死骸を埋めて塚を築かせました。

現在、福岡県筑後市にある羽犬塚（はいぬづか）という地名は、これに由来しているようです。

第六章

城と人柱の話

城という字は「土」と「成」から出来ています。古代中国では、成は武器を製作する際のお祈りをする人々、これに土の字を加え武装した都市を表していました。古く中国の城は、町のまわりに土で壁を造って住民を守っていたからです。

中国では城（き）（クィ、あるいはジャオ）と言いますが、日本では古くから「シロ」と呼び慣らわしてきました。

シロ、とは岩石や樹木、人形などに神霊が招き寄せられて住まうこと（これを依代（よりしろ）・カタシロと呼ぶこともあります）。

山の頂上にある巨石を神の座、石座（いわくら）と見た人々が、その周辺を聖なる場所として、生命財産を守る施設を建てたのは、きわめて当然なことでした。

こうした古代人の考え方は、戦国時代の人々にも受け継がれます。城は単なる防衛地点ではなく、人の念が籠もり、怪異の多く起きる場所と考えられるようになったのです。

城が陥落する前に、どこからともなく声がして悲劇を予言する、という話は各地に残っています。

一、不気味な笑い声

天正十八年（一五九〇）、豊臣秀吉が小田原の北条氏を攻めた時、小田原方の武州岩槻城（埼玉県さいたま市）は、同年の五月二十二日、一万三千の兵に攻められて落城しました。

そのひと月ほど前のことです。城の外曲輪（そとくるわ）で、夜中にどっと笑う声が聞こえました。城の兵が出てみても、誰もいません。

これが三日も続いて、城中の女性たちは皆眠ることができず、怨霊を抑える祈禱（きとう）を行なったと記録されています。

この岩槻城は、名将太田道灌の子孫太田資正（すけまさ）の居城でしたが、資正の子氏資（うじすけ）が北条氏康（うじやす）の娘を嫁にもらい、その後、父を追放して城主になりました。しかし、その氏資は上総三船山（みふねやま）で戦死します。跡継ぎがいなかったため、北条五代目の氏政は自分の三男を城に入れ、太田姓を名乗らせました。

意地悪く見れば、北条氏にうまうまと城を乗っ取られた形になります。太田氏の古い家臣たちは密（ひそ）かに氏政を恨みましたが、この怨念が呪いの笑い声となって表れたのだ、と一部の人々は考えています。

二、備前常山の悲劇

この「城の予言」を読み違えたために、悲劇が起きたこともありました。

備前国（岡山県）常山城は、周囲一里五町（約四千五百メートル）という大きな城で、備中守護三村氏の家臣上野氏の居城でした。

その頃、備前・備中国は、新興勢力の宇喜多氏が力を増し、また、西からは毛利氏が力を伸ばすなど油断のならぬ状態が続いていました。

天正元年（一五七三）の秋。

常山城の本丸の南、兵庫丸という曲輪にあるタブの巨木に、ものすごい数の雀が群がり、枝や葉を全部落として丸裸にする、という事件が起きました。

「これはどうしたことか」

と眉をひそめる人もありましたが、城にいる多くの侍たちは、米の刈り入れ時期には雀もそういう悪さをするのだろう、とさして気にも留めませんでした。

それからひと月ほどして、城の搦手（裏手）にある堀の中に赤米の稲が生え始めました。

「なぜあんなところに」

　皆が見ていると、十日ほどして重く実をつけ、一夜で消えてしまいました。

　そして次の年の三月。決定的なことが起こります。城の大手門に続く小道に、毎晩深夜になると何者ともわからぬ者が立ち、

「うらの兵部（ひょうぶ）どのや、うらの兵部どのや」

とうらめしげに泣くのです。これを耳にした番兵の中には、高熱を出して倒れる者や、恐ろしさに逃げ出す者もありました。

「狐（きつね）や狸（たぬき）の変化（へんげ）だろう。俺が退治してやる」

と、城方の勇気ある者が弓矢を手に城門へ昇りますが、そういう時は怪異は現れず、声もあがりません。半月ほどそんな状態が続いて困り果てた城主上野肥前守（うえのひぜんのかみ）は、城下の陰陽師（おんみょうじ）に何者の仕業か占わせました。

「これは常山の地霊（ちれい）が、城の危ういことを教えて下さるのです」

　陰陽師は、言いました。

「おそらく、うらの兵部なる者が城を危うくするのでしょう。見つけしだい討ち取らねばなりません」

　肥前守は、なるほどとうなずくだけでしたが、いきり立って「うらの兵部」探しを始めたのは城の若い侍たちです。

「兵部や兵太夫を名乗る者は、この備前には掃いて捨てるほど居るぞ。怪異の申す言葉など、何ほどのことがあろうか」

早まったことをするな、と肥前守は止めますが、若侍たちは聞く耳を持ちません。その中で、少々知恵誇りする者が、

「うらの兵部とは、どこぞの裏に住んでいる兵部に違いない」

城の裏手、つまり搦手口に住む者だろうと言いだしました。皆は弓矢を持ち、槍を抱えて搦手、根小屋丸に向かいます。

悪いことには、そこに迫川兵部大夫という山伏が住んでいました。日頃は近隣の百姓衆に暦や文字を教え、合戦の折は法螺貝を吹く、いたって身分の低い者です。

若侍たちは、この兵部大夫の家を取り囲むと、有無を言わさず矢を射かけ、家に火をつけて彼を妻子もろとも焼き殺してしまいました。

兵部大夫は死の直前、火だるまになって家から出てくると、侍たちに向かって、

「無実の者をよくも殺したな。おまえたちも終いには、俺のように身に火を立てて焼き殺されよう。覚えておけ」

と叫んで死んだといいます。

若侍たちは我に返って大いに悔やみましたが、どうすることもできません。その後、どうし

たわけか、他の城の味方が次々に敵の毛利や宇喜多に寝返り始め、常山城は敵中に孤立してしまうのです。

天正三年（一五七五）には主筋の三村家も亡び、毛利氏が常山の領内に乱入しました。

同年六月五日のことです。城内にある三村家の祖霊を祀る祠で異変がありました。

この祠には三村家から城主肥前守に嫁いできた鶴姫が、輿入れ道具として持ってきた国平の太刀が納められていました。その名刀の力で普段は屋根に鳥一羽とまらぬことで知られていましたが、その晩にかぎって夜鳥が空いっぱいに飛びまわり、気味の悪い声で鳴き騒ぎました。

そして、明け方近く。搦手口のあたりで大勢の女性の声で、またしても、

「うらの兵部どのや、うらの兵部どのや」

と二度名を呼び、わっと泣くではありませんか。

そして辰の刻（午前八時頃）、毛利氏の中でも精強をうたわれた小早川勢が城に攻め寄せてきました。常山勢は僅か二百ほどの数で数千余の敵と戦いますが、多勢に無勢。翌日には、大手門も討ち破られてしまいます。

この時、城主肥前守の奥方「常山御前」と呼ばれた鶴姫は、自ら鎧をまとい、女武者三十四人を率いて小早川の軍勢に突入しました。当時の武者の諺に、「女武者に会うては斬られ損」という言葉がありました。

合戦に女首を取っても手柄にならず、仲間から物笑いのタネにされる時代です。

寄手(よせて)の小早川勢が手を出しかねているところに斬り込んだ鶴姫たちは、たちまち敵の本陣近くまで迫りました。

そこに、金の帆立貝(ほたてがい)の前立をつけた兜(かぶと)に黒い鎧をまとった、一軍の将とおぼしき男がいます。

鶴姫は叫びました。

「我は常山城主上野肥前守隆徳(たかのり)が妻。汝(なんじ)らが討った三村修理亮(しゅりのすけ)が妹なり。名乗れや」

「これは申し遅れた」

その敵将は丁寧に言い返します。

「我は小早川左衛門尉(さえもんのじょう)よりこの城の先攻めを受けたまわった浦ノ兵部丞宗勝(うらのひょうぶのじょうむねかつ)と申す者。女の身にて戦場に出られるとは健気(けなげ)」

その名を聞いて、鶴姫配下の女武者たちは、おお、と驚きの叫びをあげました。その声は、搦手口で泣く怪異の叫びとそっくりであった、といいます。

鶴姫は太刀を取り直し、

「うらの兵部とは汝であったか」

散々に斬りつけますが、浦ノ兵部は、

「無駄なことをなされるな」

と逃げまわります。二人の間に浦家の武者たちが割って入り、槍先を揃えて鶴姫たちを押し返しました。

三十四人いた女武者は、一人討たれ二人討たれ、ついに十人ほどに減ってしまいます。

鶴姫は、浦ノ兵部を追うことをあきらめて城に戻りました。城の木戸に入ると、寄手に向かってこう言い放ちます。

「浦ノ兵部丞殿。これにて妾(わらわ)の合戦は終わりといたす」

そして腰の太刀拵(たちごしらえ)を外して高々とかかげ、

「これは三村家に長く伝わり、常山の守りとなった国平(くにひら)の太刀『黒髪(くろかみ)』である。名もなき者の手に渡るより、兵部丞殿にさしあげるのが良いと思う。願わくは、我らの後生をお弔い下され」

ぽん、と太刀を放ると奥に駆け込み、夫と二人、自害して果てました。

こうして常山城は落城しましたが、国平の太刀「黒髪」（刃渡二尺七寸）は、明治の頃まで浦家に残りました。大正の初め、オークションに出て持ち主を点々とした後、昭和二十年、占領軍の刀狩りで持ち去られました。おそらくアメリカにでも渡ったのでしょう。

三、柳の精と九州の城の怪

浦、を名乗る家は各地にあり、元々は海辺に暮らす人々の姓だったようです。城にも浦城と名づけられたところがいくつか残っています。

岡山から遠く離れた秋田県の八郎潟にも同名の城がひとつありました。男鹿半島のつけ根に広がる八郎潟は、一九五七年から埋め立てが始まり、現在はすっかり風景が変わってしまいましたが、古くは巨大な湖で、浦城はその北東部の波打ち際に建てられていました。

もちろん戦国時代の城ですから石垣もなく、土を掻き上げた館のような造りです。

浦城はその北にある安東実季と敵対していましたが、天正十六年(一五八八)、安東方の石岡主膳に攻められました。

敵の安東氏は鎌倉時代から、安東水軍と呼ばれる東北最強の水軍を保有しています。水辺の戦いは不利と悟った城主三浦盛永は、浦城の背後の山に立て籠もりましたが、石岡勢の勢いは強く、盛永は追い詰められてしまいます。最早これまで、と彼は身籠もっている夫人を搦手から逃がすと、敵の前に出て、

「遠く鎌倉殿(源頼朝)の頃より続いた三浦氏の死に様を、拝みおれ」

鎧を脱いで腹を見せると、逆手に持った短刀で十文字に掻き切り、

「これでも食らえ」

と自分の内臓をつかみ出して、敵に投げつけ息たえました。

一方、城を脱出した夫人は、途中で赤ン坊が生まれそうになります。しかし、まわりには民家ひとつありません。道端に大きな柳の木があり、そこに空洞(うろ)が開いているのを見つけると中に入って無事出産しました。

「これは柳の木の霊が、守ってくれたおかげでしょう」

夫人は家来の一人斎藤甚兵衛(さいとうじんべえ)に赤子を渡し、自分は歩くこともできないから、と自害します。この柳のあった場所は「御前柳明神(ごぜんやなぎみょうじん)」と呼ばれ、後々まで安産の神さまとして信仰されたということです。

赤子は後に五郎義包(ごろうよしかね)と名乗ります。そして十六の歳に、ある人の口添えで安東実季に目通りを許されました。

実季(この頃は秋田氏を称しました)も、かつての敵の子ながら聡明そうなその姿に感心して、家を再興させます。旧領に近い押切(おしきり)に城を築かせて城主に据えました。

ここまでなら、めでたしめでたしで終わるのですが、戦国時代の話ですから油断なりません。

義包が一城の主人(あるじ)となったのを見て腹を立てたのが、彼の叔父にあたる小和田甲斐(おわだかい)という者

でした。

実季側について、行く行くは名族三浦氏を継ぐ気でいた甲斐は、義包を恨みました。

「あ奴は、柳の木の空洞で生まれた、得体の知れぬ孤児ではないか」

彼は実季に讒言（ざんげん）します。

「義包は安東方に両親を殺されたことを今も恨み、謀叛（むほん）を企てております」

義包の親族からこう言われて驚いた実季は、刺客を放って義包を殺害してしまいました。

これで小和田甲斐は、押切城を自分のものとしますが、間もなく城に怪異が起きるようになります。

ある日、誰もいない大広間で甲斐が一人酒を飲んでいると、部屋の隅に人の気配がします。

家来が酒を足しにきたのだろうと、気にも留めずにいると、人影が近寄ってきますが、それは腰のまわりが血まみれになった女性です。

「さて、甲斐殿。久しゅうありました」

見ると、ずいぶん前に死んだ三浦盛永の夫人、つまり義包の母親でした。

「おのれ、変化（へんげ）め」

傍らの太刀を抜いて切りつけると、確かに手応えがありました。

やったか、と灯を引き寄せてよく見ると、それは酒を運んできた侍女でした。

以来、甲斐のまわりには不思議なことが続き、ついに彼は狂い死にしたということです。義包に同情する人々は、その怨霊の仕業とも、また、義包の母が出産した際に憑いた柳の精が、甲斐を呪ったのだ、とも噂したということです。

四、熊本城と加藤清正

熊本城は、加藤清正が築きました。天下五名城のひとつ、九州一の巨城と称されています。熊本地震で各所が崩れ、現在（令和二年現在）も大修理中ですが、その結果、それまで不明であった石垣基礎工事の秘密も少しずつ明らかになっています。

これはあくまで伝説の域を出ぬ話ですが、清正が築城の知識を持った者を諸国から集めた時、城の地形に合わせた設計、つまり縄張りを京に住む龍蔵院（りゅうぞういん）という山伏にまかせた、と伝えられます。

この龍蔵院が、どこで築城の技術を学んだのか謎ですが、千葉（ちば）城と呼ばれた熊本の旧城を七年かけて調査し、精密な図面を引きました。

清正は龍蔵院を大いに重宝しました。しかし、この山伏にも大きな欠点がありました。酒が大好きで、酔えば口が軽くなるのです。このままでは、熊本城の弱点も全て公になってしまうと考えた清正は、城が完成したその日に、龍蔵院を殺害しました。

彼の遺骸を埋めた「山伏塚」と伝えられるものが、現在も熊本市内に残っています。塚の上には「権大僧都法印竜王院憲長（ごんだいそうずほういんけんちょう）」という文字が彫られた石碑が建てられていたそうですが、さて今はどうなっているでしょうか。


これとは別に、井戸に関する伝説も熊本城には残されています。

清正が秀吉に命じられて九州平定に動いていた頃、天草の豪族、木山弾正（きやまだんじょう）を討ち取りました。弾正の子で横手五郎（よこてのごろう）という若者は、清正を父の仇（かたき）とつけ狙いますが、なかなかその機会は訪れません。そのうち、熊本城築城の触れが出て、村々から人夫が動員されることになりました。

これぞ良い機会、と五郎は人夫に化けて工事に参加します。彼の父弾正は五十人力の豪傑でしたが、五郎もそれに負けない力自慢でした。

石運びでも掘り役でも人一倍の働きをするため、やがて清正の目に留まります。

「あれは並の者ではあるまい」

間者を使って調査させると、やがて弾正の子であることが明るみに出ます。

「我が命を狙う者だ。先手を取って殺すにしかず」

清正はある日、城内の井戸を掘ると称して、五郎に深い穴を掘らせました。何日かして、そろそろ水が湧くと思われる頃、清正は穴の中で働く五郎に、

「そこでは手も足も出まい。死ねや」

と呼びかけると、家来に命じて大石を投げ落としました。ところが力自慢の五郎は穴中でその石を受け止め、投げ返してしまうのです。

何度もそんなことが続いた後、五郎は諦めたのか、

「俺を殺すなら石を落としても無駄だ。砂を落とさぬか」

なるほどと思った清正は、穴に大量の砂を流し込んで五郎を窒息死させました。

熊本城本丸月見櫓（つきみやぐら）の辺に、「五郎の首掛け石」というものが今も残っています。これによれば五郎の死後、穴から彼の遺骸を掘り出し、首を切って晒（さら）したということになります。

清正も五郎も天下の豪傑ですから、その後はさっぱりとしたもので、恨みが残り城に怪異が起きた、という話は聞きません。

五、島根松江の人柱

城の伝説で最も多く語られるものは、いわゆる「人柱（ひとばしら）」です。

建物を造る時、生（い）け贄（にえ）を捧げて地盤を固める行為は古くから行なわれてきました。これは日本だけの風習ではなく、古代ギリシア・ローマの伝説にもあり、敵の捕虜を城壁に埋めて、崩

れぬよう祈ったという話が出てきます。

我が国で最も古い人柱伝説は、紀元七百年代初めの奈良時代です。

東北地方を治めるため、現在の宮城県に多賀城(たが)が造られた時のこと。都から我儘(わがまま)な役人が赴任してきました。

彼は多賀城の基礎工事を行なう土木の専門家でした。毎日、城の予定地を巡っていましたが、そこで美しい娘に出会います。おそらく土地の先住民蝦夷(えみし)の血筋をひく女性でしょう。

娘を気に入った役人は、彼女の父親を呼び出してもらい受けようとします。が、横柄な役人の態度に腹を立てた父親は、首を縦に振りません。

この蛮族め、と役人は父親を罵り、彼を捕らえて殺します。そして、死骸を基礎工事中の城に埋めてしまいました。

娘と母親はこれを聞いて、悲しみのあまり首を吊り、周辺の蝦夷たちは怒って反乱を起こしたということです。

これなどは、初めから人柱として人を埋めたのではなく、たまたま殺した死骸を人柱に用いた、ということになります。

東北地方には、人ではなく牛を生け贄に捧げた例もあります。

現在の岩手県南部、江刺(えさし)の周辺は、胆沢(いさわ)、衣川(ころもがわ)など古代の城塞がいくつも残る軍事的重要拠点ですが、ここにあった浮牛の城は、三頭の牛を埋めて城の無事を祈ったとされています。牛を犠牲獣と見る考え方は、古く中央アジアに始まり、古代中国を経て日本に伝わりました。特に身体の大きな牛は「神牛」と呼ばれ、農民にとってはひと財産です。これを捧げることによって、祈りの真剣さを神にアピールしたのでしょう。

この大事なものを犠牲にして大地を固める、という考え方が、やがて美しい娘を生き埋めにする行為につながっていきます。

特に人命が軽んじられた戦国時代は、各地にこうした物語が多く残されるようになりました。

人柱で最も有名な物語は、島根県の松江城に関するものです。

このあたりは古代王朝の中心地に近く、古墳も多く見受けられます。城のある亀田山は、かつて出雲守護であった尼子氏が末次城という小さな砦を築いていたようですが、確かなことはわかっていません。

遠州浜松の大名堀尾吉晴・忠氏親子が、出雲・隠岐二ヶ国二十三万五千石を得てこの地に入ったのは、関ヶ原の戦いの後です。

初め親子は、尼子氏の旧城月山富田に手を入れて住みましたが、山の上ではいかにも不便であったのか、松江の宍道湖周辺を埋め立てて新城と町を築くことに決めました。

ちょうど日本各地に大型の城が、次々と築かれていった頃です。

関ヶ原合戦以後、世の中は安定したかのように見えましたが、豊臣氏は依然として大坂城を守っていました。やがては再び天下を揺るがす戦いが起こることを、誰もが予想し、恐れていたのです。

この不安な時代に、堀尾親子は南北に細長い亀田山を段々に削り、巨大な堀を掘り、残土で武家屋敷地の埋め立てを行ないます。

ところが、これが存外な難工事で、しかも、息子忠氏は心労がたたったのか急死してしまいました。

父吉晴は、この時、息子に家督を譲って隠居身分でしたが、忠氏の子がまだ幼いために再び当主となって城造りを続行します。

城の基礎工事で最も彼を悩ましたのは、本丸の東側と南側に面した腰曲輪(こしくるわ)の高石垣でした。地盤がゆるいのか、何度石を積み直しても、すぐに崩れてしまうのです。

家来の一人が吉晴に耳うちします。

「殿、ここはやはり人柱か、と」

「これは亀田山の山霊(さんれい)が、美女を求めているのです。領内からほど良い娘を見つけ出して、石垣の下に埋めましょう」

孫のために早く城を完成させたい吉晴は、家来の提案を受け入れてしまいました。

あとは、どうやってその「美女」を手に入れるかです。頃はちょうどお盆の季節でした。

「城完成の前祝いに、盆踊りを催そうと思う。歌や踊りのうまい者には褒美(ほうび)を取らすぞ」

吉晴は、領内に触れを出します。

当日、城本丸の工事現場には、美しく着飾った男女が群を成しました。その中でもひと際目立つ娘を見つけた吉晴は、

「あれにせよ」

家来に命じます。それは城近くに住む裕福な村人の一人娘でした。堀尾家では多くの賞品を渡して娘を油断させ、帰り道で誘拐してしまったのです。

次の日、娘はすぐに穴の中に埋められてしまいました。穴の上には、たちまち巨大な石垣が築かれていきます。

松江城が出来上がったのは、それから少し経った慶長十六年(一六一一)。大坂夏の陣で豊臣方が滅亡する四年前のことでした。

新城を完成させた吉晴は、その年、城下で再び盆踊りを催します。ところが、その笛や太鼓の音(ね)が聞こえてくると、城の中にはどこからともなく生温い風が吹き、地震でもないのに城がゆらゆらと揺れるのです。また、石垣の間から女性のうめき声や歌う声が響きました。

これが毎年、お盆の頃になると続くため、城主吉晴は、松江の町に盆踊り禁止令を出した、ということです。

そのうち、まだ幼かった吉晴の孫が流行り病で亡くなります。松江城を嫌って月山富田城に住んだ吉晴も失意の内に死に、世継ぎの絶えた堀尾家は断絶してしまいました。

徳川幕府は、この城に次々と新しい大名を送り込みますが、これらもなぜか断絶します。

「人柱が呪っているのだろう」

領民は噂しました。ようやく寛永十五年（一六三八）、信濃松本から松平氏が入ると城は落ち着いたのか、この家は明治時代まで続きました。


この盆踊り伝説のほかにも、土地には少し違う物語がいくつか伝わっています。昭和の頃に出た『日本伝説大系・山陰編』（みずうみ書房）には、石垣が崩れて困っている吉晴が城下を視察している時、偶然、普門寺（ふもんじ）のあたりで歌いながら歩く美しい娘を見つけたとあります。

これぞ地霊のお導きだろう、と吉晴は即座に娘を捕らえて人柱にします。以来、娘が歌っていた謡曲「東北（ひがしきた）」を歌うと、城が揺れて娘の泣き声が聞こえる、と書かれています。

六、郡上八幡城の「およし」

岐阜県の大河長良川(ながらがわ)の上流に近い郡上八幡(ぐじょうはちまん)も盆踊りで知られた町ですが、ここにある郡上八幡城にも人柱伝説が残っています。

初めてここに城が築かれたのは、戦国真っただ中の、永禄二年(一五五九)。信長が今川義元を破った桶狭間の戦い前年のことです。

このあたりの領主東(とう)氏を滅した家臣の遠藤盛数(えんどうもりかず)は、東氏の城犬鳴(いぬなき)に入りますが、すぐに八幡の山を拠点にして新城を築こうとします。

「新しい城には人柱を立てねばならない」

盛数は家来に、人柱にかなった美しい娘を見つけてくるよう命じます。娘のいる家庭では大いにあわてて、家の床(ゆか)に穴を掘って隠す者、年端もいかない娘を結婚させて人妻にする者、他国に伝手を頼って逃がす者など、領内は大騒ぎとなりました。

これではいけない、と思ったのが城下に暮らす「およし」という娘です。

「私が代表者となって人柱に立ちますから、どうかほかの娘は助けて下さい」

およしの言葉に領主盛数は同意します。山頂本丸に彼女が埋められたのは、直後のことでした。

城はその後、稲葉氏によって拡張され、関ヶ原の年に再び遠藤氏が戻り、続いて井上氏・金森氏・青山氏と城主が目まぐるしく代わっていきますが、城内の「およし」を祀る祠だけは大切にされました。現在も郡上八幡踊りの頃になると、本丸にテレビカメラが入り、およしの祠を映すことが習わしのようになっています。

七、大分府内城の「おみや」

このように人柱を祀る祠は、豊後大分城（大分県大分市）にも残っています。

戦国の初め、九州最大の勢力を誇る大友氏が同地に館を建てていましたが、子孫の大友義統は、朝鮮の役で卑怯の振舞いがあったと秀吉に睨まれ、所領を没収されてしまいます。

慶長二年（一五九七）、豊後十二万石を得て大友館に入ったのは、秀吉のお気に入りで、石田三成の妹婿、福原直高でした。

直高は、中世型式の大友館を嫌い、新城を築こうとします。

「海を天然の要害とした水城にいたそう」

別府湾に流れ込む大分川の、河口左岸に城の縄張りをして、これを「府内城」と名づけました。

現在の大分城（この名称は明治以後のものとされます）は、海から少し離れていますが、これは後に入った大名家の手になる改造と、周辺の埋め立てによるものです。

府内の築城と町づくりは着々と進行し、別に人柱など立てずとも良かったのですが、世の中には余計なことを吹き込む者がいます。

「この城を、九州一の堅城とするには、やはり土地の神に捧げものをしなくてはなりませんぞ」

直高は不安になり、土地の陰陽師に占わせます。すると、

「歳十八になる娘と、生まれて三年目の牛をともに城へ埋めれば、ここは敵を寄せつけぬ手堅い城となるでしょう」

という卦が出ます。さあ、一大事、と娘を持つ領内の親たちは、大騒ぎします。数えで十八歳の娘がいる家はもちろん、十六、十七の女子を持つ親たちまで何時城の者がやって来るか、と連日恐れおののいて暮らしました。

その頃、府内に、盲目の父親の面倒を見て暮らす、親孝行で評判の娘がいました。

「おみや」と言い、歳は十七です。彼女は、城下の人々が嘆く姿を見て、一人城にあがりました。そして直高に、自分を人柱にするよう願い出たのです。

「年が明けて私が十八になったら、お城の穴に埋けて下さい。その代わり、目の不自由な父の面倒を、殿様にお頼み申しあげます」

直高は健気（けなげ）な娘の申し出を承諾します。次の年の春、城内の東に大穴を掘り、三歳になる大牛と娘をそこに埋めました。盲目の父親は娘の死を知って深く悲しみ、食を断ってその後を追った、ということです。

　この時、第二次朝鮮出兵（慶長の役）がすでに始まっています。直高は城の完成を待たずして海を渡りました。

　石田三成の代理として、海外に派兵された大名の働きぶりを、秀吉に調査報告する役についたのです。現地で戦う武将たちは当然、彼を密告者三成の手先と見ていました。しかも、日本から悪い評判が追ってきます。

「あの福原めは、盲目の父を持つ孝行娘を牛とともに埋めた、血も涙もない奴だぞ」

　人々は、直高とまともに口をきかず、やがて彼は病を得て、帰国します。その後、折り合いの悪かった武将たちから逆に訴えられて、豊後十二万石と府内の城を取りあげられ、六万石に格下げとなります。

　関ヶ原の戦いでは義兄の三成側につき、美濃大垣（おおがき）城を預かりますが、信頼する部下に裏切られて落城。伊勢で自害します。

「福原氏の不幸は、おみやの父の呪いか。それとも三歳牛の恨みか」

　やはり、人柱など立てるものではない、と城下の人々は語り合いました。

直高が去った後の城は一時、早川氏のものになりますが、関ヶ原の後、名将竹中半兵衛（たけなかはんべえ）の一族が入り、大きく改造されました。しかし、おみやを祀っていると伝わる祠は、代々の城主の手で守られ、今も城内東の丸に残っています。

第七章

旗指物

戦国時代独特の風習に、旗指物があります。

背中に旗を差して、敵味方の区別をする、テレビや映画でもおなじみのあれです。

これも初めは、兜の後ろや鎧の左肩に吊るした小さな布でした。戦いが激しい時代に入ると、乱戦の中で見分けがつかなくなるから、と腰に差す小旗「腰差し」が始まり、さらには鎧に専用の取りつけ部品がついて、このような「背差し」の旗が普通となりました。

旗指物には、大きく分けて「番指物」と「自身指物」の二種があります。番とは番号のついた戦道具で、大将から下級の兵士たちに貸し出される鎧や旗を言います。使い番、城番など、特定の役職の侍に与えられる印の旗も、時にそう呼ばれます。

これに対して「自身指物」は、武将や手柄を立てた侍が、自分自身のデザインで作る個人の指物です。これは侍が勝手に作ることもありましたが、多くは主人の許可を得てから作り、戦場に差して出ました。

一、丹後守と蟻の小旗

越後の上杉謙信は、ある時、馬揃え（軍事訓練）のために、配下を集めました。その折、兵士の装備も新しいものに定めます。

「上級の侍で馬に乗る者は、背旗を四半（縦三、横二の割合に切った大型旗）にせよ。図柄は、家紋でも、動物でも、野菜でも、大工道具でも、自分の好きなものを大きく描け」

その日になると、侍たちは思い思いの旗を差して、謙信のもとにやって来ます。

自分の命令通りやって来た侍たちを見て、謙信は満足そうにうなずいていましたが、ふと眉をひそめます。

侍たちの中に一人だけ、指定の自身指物も差さず、ゆったりと馬を歩ませる侍がいたのです。

「我が下知を聞かぬ阿呆は何者か」

謙信は自ら馬を走らせて、その侍のもとに走り寄り、太刀の柄に手をかけました。

「おのれ、寸法とは無礼なり」

寸法は、旗指物もつけぬ戦心得のない侍を言います。

その侍は、上杉家でも知られた豪傑、北条丹後守でした。

「我は寸法にあらず。ちゃんと四半を差しております」

見れば三対四の割合は正確ですが、大きさは半紙ほどの小旗が背中に隠れています。

「大きな図を描けと申したに、これは何だ」

「ですから、お申しつけ通り、小さなものを大きく描いております」

丹後守は自分の旗を指差しました。そこにあるのは大きく描いた一匹の黒い蟻でした。

「確かに図は大きいが、旗が小さすぎる。これでは敵も味方も、おまえの旗とわからぬだろう」

謙信が呆れて言うと、丹後守は小さく首を振り、

「いいえ、わかります。その理由(わけ)は、私はどんな戦いでも真っ先に進んで、敵の鼻先に立つからです。小さい旗でも見分けられぬということはありますまい」

この答えに感心した謙信は、丹後守にかぎって、小旗を許したということです。

二、小さなムカデ

これは小さな旗に大きな絵の話ですが、逆の例もあります。

謙信のライバル、甲斐の武田信玄も、部下の戦支度を検分したことがありました。中でもいちばん重要な役目は、信玄の言葉を各部隊に伝える使い番です。

武田家では、その役目を表す旗の図柄としてムカデの図を描くよう定められていました。時代によって大きさや布の色は異なりますが、この頃は白地の四半で、縦百四十七センチ、横九十・九センチ、という大きな旗です。

信玄が見ていくと、一人だけ無地の白旗を差した者がいました。これは、初鹿野伝右衛門(はじかのでんえもん)という派手なことが好きな勇者でした。

「ムカデの図柄を描き忘れたか」

と尋ねると、伝右衛門は平然と、

「いえ、ここに描いておきました」

見ると、旗の隅に小さなムカデが一匹描かれています。

「お屋形(やかた)さまは、ムカデの大きさまで申されておられなかったので、本物と同じ大きさで描いておきました」

平然と答えます。このヘソ曲がりめ、と信玄は舌打ちしますが、ムカデのサイズを決めておかなかった自分も悪いと思い直して、伝右衛門にかぎり白地の旗を許しました。

三、車丹波守と火車の旗

旗指物は、戦場で敵を威(おど)す目的も持ちますから、奇怪な図柄をわざと描くこともあります。

常陸国の大名、佐竹義宣(さたけよしのぶ)の家臣車丹波守(くるまたんばのかみ)は、白練(しろねり)の絹地に大きく火の車を描いた旗指物を差していました。

これは火車の指物と言い、当時は勇者の印として諸国に知られたものです。

火車には二種類あります。ひとつは、鬼が罪人を地獄に運んでいく時に乗せていく、火のついた乗り物です。生前に神仏を馬鹿にしたり、父母や親戚を殺したりした者が乗せられていくとされています。

いまひとつは、葬式の後の野辺送りにやって来る妖怪です。大きさは子供ぐらいで肌は赤黒く、耳が長く、毛むくじゃら。油断していると、雨風を起こして棺(かん)の蓋(ふた)を吹き飛ばし、死骸の心臓を食べた後、残りを家の屋根に放り出すという迷惑な化け物です。

車丹波守の指物は、もちろん前者で、佐竹勢と戦った伊達家の侍たちは、

「火車が出たぞ」

と聞くと、誰もが身ぶるいしたといいます。丹波守がどうしてこんな図柄の旗を好んだか、という理由について、『会津陣物語(あいずじんものがたり)』という本には、

「是(これ)は行く所にて、人を取之事(とること)なるべし」

(これは戦場に出かけて、敵の首を取ってくる決意を示すものだ)

と書かれています。

関ヶ原の合戦が終わって二年後。佐竹氏は常陸水戸の六十余万石を削られて、出羽(でわ)国秋田(あきた)二十万石に移されてしまいます。

「家康様の命令なら仕方ない」

義宣は素直に城を出ますが、長年暮らした水戸城を奪われるのは口惜(くや)しい、と丹波守は僅か

六人の家臣を率いて城中に籠もりました。

徳川方の本多正信(ほんだまさのぶ)は大軍をもって彼らを捕らえ、磔(はりつけ)にかけました。丹波守の死体には、名高い火車の指物をくくりつけたということです。

伏見(ふしみ)にいた家康はこれを聞いて、

「武士の意地を知る者を、むざむざと殺してしまったか」

残念に思った、と『常山紀談(じょうざんきだん)』巻の十六には書かれています。

また別の物語には、丹波守は家臣の一人を影武者にして、水戸城を脱出します。あくまで徳川家に恨みを抱く彼は、火で顔を焼いて人相を変え、家康の跡継ぎ、二代将軍秀忠の命を狙います。庭師に化けて江戸城に潜入しましたが、忍者の頭領服部半蔵(はっとりはんぞう)に発見されて捕らえられます。秀忠は丹波守の武勇を知って命を助け、江戸の下層民の取締役につけた、とあります。


この火車の言い伝えは、不思議なことに西日本では京都以外にはあまり伝わっておらず、東日本では関東から東北にかけてのものが多いようです。

慈鎮(じちん)という歌詠みのお坊さんが江戸にいた頃、寺の前を行く火車を目にして、

「火の車今日は我が門遣(や)り過ぎてあれは何地(いずち)に巡り行くらむ」

と魔避けの歌を詠んだ話が『拾玉集(しゅうぎょくしゅう)』に出てきます。

四、眉間尺の由来

火車と並んで珍しい図柄の旗に、「眉目尺（みけんじゃく）」があります。これは、三つの生首が争うという不気味なものです。少し長くなりますが御紹介しておきましょう。

中国古代、楚（そ）の王が、雌雄二振りの名刀を鍛冶屋夫婦に作らせました。しかし、楚王がこれを持てば野心を起こすと見た夫婦は、雌の太刀一振りだけを渡します。楚王は怒ってその鍛冶屋の夫を殺しますが、息子の赤（せき）は母に育てられ、眉と眉の間が一尺（約三〇センチ）もある大男に成長しました。

赤は母から父の最後を聞いて、楚王を討つ決意を固めます。父が残した雄の太刀を手に旅をするうち、復讐（ふくしゅう）を手伝う友人を得ます。

「俺の首を斬ってこの太刀を添え、楚王に差し出せ。そして隙を見て殺すのだ」

赤は自らの首を斬って死にました。友人は太刀と赤の首を持って城に行くと、王は喜んで謁見を許します。

赤の首が死んだ後も生き生きしていることを気味悪く思った王は、大鍋に湯を沸かして首を茹（ゆ）でよ、と命じます。

湯が沸いた頃、王が首を投げ込もうと気を取られた時、赤の友人は雄太刀で楚王の首を斬り、鍋に投げ入れました。

ところが、赤と王の首は熱湯の中で戦いを始めます。友人は赤に加勢しようと自分の首も斬って鍋に入れました。

楚の家臣たちが三つの首を引き上げた時は、肉がとろけて、誰の首か見分けもつかなくなっていたということです。

こんな凄まじい話を旗の図柄にするには、相当の覚悟が必要だったと思うのですが、現在、旗は残っていても、その所有者の考えを示す正確な資料は伝わっていません。

五、松根新八郎と幽霊の旗

眉間尺の旗より、もっと気味悪い図柄に、「幽霊旗（ばた）」というものがあります。

これは、所有者も話の由来もはっきりしていて、江戸時代の妖怪本には多く取りあげられています。

戦国時代も終わりに近づいた文禄の頃（一五九二―九六）、奥州伊達政宗の家臣に、松根新（まつねしん）八郎（ぱちろう）という豪胆な武士がいました。

その頃、仙台の城は未だ出来ておらず、伊達政宗は岩出山城に住んでいますから、新八郎もその城下に暮らしていました。

この城下にはひとつの決まりがありました。城の武家屋敷に近いお堀際を夜中歩く時、歌を謡ってはいけない。中でも、謡曲の「かきつばた」だけは絶対にいけない。謡えば化け物にとり殺される、というのです。新八郎は、友人の家を訪ねた帰り道、暗いこの堀際を通りかかりました。

「本当に妖しいものが出るものか、ためしてみよう」

と、大声で「かきつばた」を謡いました。

しかし、何事も起きません。なんだ、たいしたことはない、と笑って行き過ぎようとすると、傍らから、すっと寄ってきた者がいます。

「よい月夜でございますね」

弱々しい声で語りかけます。

「ああ、よい夜だ」

新八郎は、なおも喉をふるわせます。その男は侍の格好をしていましたが、家中ではついぞ見かけぬ顔でした。

それから二人して「かきつばた」を謡いながら、屋敷地の外れまで歩いていきました。

そこに大きな門が見えます。伊達家の家中でも武芸自慢の某という男の家でした。

ここで得体の知れぬ侍は、ぴたりと足を止めて言います。

「夜中にかきつばたを謡うとは、よほど胆のすわった人なのでしょう。されば、私の正体を申します」

「冥界から蘇えった幽霊でございます」

「何処の御人かな」

「それはお珍しい」

新八郎は、別に驚く風もなく応じました。

「して、それがしに何用かな」

実は、と幽霊は悲しそうな声で言います。

「さることがあって、我ら一族はこの屋敷の某に討ち取られてしまいましたが、その無念さは言葉で言い尽くせません。幽霊の身ながら、今夜は親兄弟妻子の恨みを晴らそうと思います」

「それは侍として当然のこと」

新八郎は答えました。するとその幽霊は、

「武士には『見取り・見取られ』と申すことがございます。胆太いあなたに、ぜひともこの仇討ちの見取り役をお願いしたい」

と言いました。戦場で仲間同士、手柄を確認し合う行為を見取り見取られと言い、古くから武士の美徳のひとつとされていました。

「引き受けましょう」

と答えると、幽霊は新八郎に一礼し、門の隙間からすうっと入っていきました。すぐに屋敷内では、悲鳴や斬り合いの音が聞こえてきます。

新八郎が耳を澄ましていると、やがて血まみれになった幽霊が戻ってきました。右手に血刀、左手に屋敷の主とおぼしき生首を下げています。

「これにて、ようやく恨みが晴れました。まことにお手数ですが、この事を伊達侯にお伝え願いたい。また、お礼といってはなんですが、あなたの自身指物に、私の姿をお描き下さい。戦場ではきっと、多くの手柄を立てられるでしょう」

と言って、すっと消えてしまいます。翌朝、岩出山の城下は大騒ぎになりますが、新八郎は臆することなく城にあがって、これを報告しました。

主人政宗は、彼の手足となって働く忍者「黒はばき」に詳しく調査を命じ、新八郎の言葉に嘘がないとわかると、

「その幽霊の申す通りにせよ」

この変わった指物を公認しました。以来、新八郎が戦場に進むと、

「それ、松根の幽霊旗だ」

敵の雑兵足軽たちは逃げまどったということです。

現在、子孫の家に残っている旗は、四半旗に墨で、左を向いた幽霊の首だけが描かれています。人によっては、これを「生首」旗と呼んでいるようです。

あとがきにかえて

戦国の大名は、傭った忍者をその家独特の名で呼びました。乱波・素波・旅の者などというのはまだしものこと。越後上杉家は軒猿。ライバルの甲斐武田家は、手長の者、盗み組。敵方から寝返った忍者は、目あかしと呼んで蔑みました。

あの織田家での呼び方は「饗談」です。饗とは酒食をもうけて持てなすこと。信長は彼らを実際に宴の席に呼んで、諸国の噂を語らせたのです。

噂話ですから、当然その中にはたわいもない怪談や奇談も含まれています。しかし信長はいつも物静かに忍者の話へ耳を傾けていました。

世の迷信妄説を極端に嫌い、

「我、時に神仏をも信じず」

と言い切る信長にしては、意外な態度です。家臣の一人がこれを不思議に思って尋ねると、

「噂とは、その土地に住む庶民の好み、心の動き。国々のつながりなど推し量る枡のごときものである」

と、信長は答えたそうです。たしかに、中央から遠く離れた辺鄙な土地に都と全く同じ筋の

奇譚があれば、一体誰がそのような話を持ち込んだのか気になります。

また、怪しい物語の一切無い場所があれば、そこは織田家の宿敵である一向宗が猛威を奮う地域だとわかります。弥陀の本願のみを信じる一向宗徒は、信長とは別の意味で怪談を否定する人々であったからです。

こうした「饗談」が運んでくる妖しい物語は、後世の人間から見ると驚くほど短い筋立てのものばかりでした。たとえば、当時の伊賀国（現・三重県北西部）の噂話。

「さる侍屋敷には、日暮れ頃、玄関の前を練衣被いて歩く美しい女が出る。また、首が無く胴ばかり歩くこともある。昼頃に台所の煙出しから女と大坊主が覗くことがある。白い着物をまとい髪振り乱した瘦女たちが四、五人連れだって踊ることもある。かような凄まじいこと多く、今は屋敷に住む人がいない」

たったこれだけです。時代が下って江戸期に入ると、物語を採録した人々は、流石にこうした単純な内容では興味も引けまいと、元の筋にあれこれ因果話を付け足して、『諸国噺』や『御伽婢子』といった一連の怪談集を作っていきます。

しかし、現代人の我々から見れば、じわじわ迫ってくる恐ろしさは、初期の素朴な「饗談」の方が数段勝っているように感じられるのです。

さて、今回集めておきながらページの都合で発表できなかった分は、続編にまわそうと思います。乱世に相応（ふさわ）しい、刀剣・武具の妖しいエピソードなど如何（いかが）でしょう。乞御期待です。

令和二年

コロナ騒ぎでお籠もりの仕事場にて

筆者

東郷　隆（とうごう・りゅう）
横浜市生まれ。国学院大学卒。同大博物館研究員、編集者を経て、作家に。詳細な時代考証に基づいた歴史小説を執筆し、その博学卓識ぶりはつとに有名。一九九〇年『人造記』等で直木賞候補となり、一九九四年『大砲松』により吉川英治文学賞新人賞、二〇〇四年『狙うて候　銃豪村田経芳の生涯』で新田次郎賞、二〇一二年、『本朝甲冑奇談』で舟橋聖一賞を受賞。その他著書多数。

妖しい戦国　乱世の怪談・奇談

二〇二〇年七月二十日　第一刷発行

著者　東郷　隆

発行者　松岡佑子

発行所　株式会社出版芸術社
〒一〇二－〇〇七三　東京都千代田区九段北一－十五－十五
電話　〇三－三二六三－〇〇一七
ファックス　〇三－三二六三－〇〇一八
http://www.spng.jp/

印刷・製本　中央精版印刷株式会社

編集　荻原華林

ISBN 978-4-88293-531-5